W0312432

HET BOEK DER Elfen

HET
BOEK
DER

Elfen

Een wegwijzer in de wereld van elfen, pixies, goblins en andere magische schepsels

Francis Melville

Librero

Oorspronkelijke titel: *The book of Faeries*
© 2004 Librero b.v. (Nederlandstalige editie),
Postbus 72, 5330 AB Kerkdriel
WWW.LIBRERO.NL
© 2002 Quarto Inc.

Lay-out: Julie Francis
Illustraties: Veronica Aldous, Greg Becker, Janie Coath, Elsa Godfrey, Griselda Holderness, Martin Jones, Olivia Rayner, Rob Sheffield

Productie en redactie Nederlandstalige editie: Textcase, Hilversum
Vertaling: Wilma Hoving
Opmaak: Erik Richèl

Printed in China

ISBN 90 5764 536 X

Alle rechten voorbehouden.

NB
De auteur, uitgever en de houder van het auteursrecht dragen geen verantwoordelijkheid voor enig letsel of schade veroorzaakt tijdens of toegebracht door het gebruik van de recepten en rituelen die zijn opgenomen in dit boek.

Inhoud

Inleiding

Bij het woord 'elf' denken de meeste mensen aan kleine, kinderlijke wezentjes met een lief gezichtje, gekleed in gaasachtige zijde en uitgerust met doorzichtige vleugels. Dat zijn echter de bloemenelfjes, slechts een van de vele elfenstammen die huizen in de natuur.

Opvallend genoeg heeft elke cultuur een volksgeloof rond het bestaan van het 'kleine volkje'. De elfen behoren tot een divers ras van geesten die zich manifesteren in antropomorfe vorm, een kleinere en vaak merkwaardige menselijke gedaante. Ook bestaat er correlatie tussen de rol en activiteiten van elfen en die van de mens. Zo kent elke maatschappij met metaal- of diamantmijnen wel een volksgeloof waarin dwergachtige wezens die in de bergen wonen en daar diamanten of metaal delven, een rol spelen.

Bijgeloof of magie?

De moderne westerse culturen doen deze overleveringen graag af als volksverhalen die voortkomen uit de geest van simpele, bijgelovige mensen. De psychologie vat verhalen over elfen op als fantasieën geprojecteerd door het emotionele onderbewustzijn of archetypen van het collectief menselijk onderbewustzijn. Toch geloven veel volken in een magisch rijk dat vrijwel is vergeten in de driedimensionale, moderne wereld waar de zintuigen zo'n belangrijke rol spelen.

De elfenwereld

Waar zijn die elfen dan? Ze bevinden zich in dezelfde wereld als wij, maar hun bestaan kent een vierde dimensie die ze bevrijdt van de restricties van tijd en ruimte. De inwoners van het elfenrijk zijn daarom niet gebonden aan de wetten van de materie. De mens moet het onvermijdelijke einde, de dood, onder ogen zien; de meeste elfen zijn daarentegen onsterfelijk. De Keltische naam voor het elfenrijk, Tir Na N'Og, betekent dan ook 'het land van de eeuwige jeugd'. De Grieken noemden het Hesperides ('de gezegende eilanden') en in de Arthur-legende wordt het Avalon genoemd. Het ligt altijd los van de menselijke wereld, maar is er door water mee verbonden; of het ligt in het binnenste van de aarde.

Een betoverende wereld

U vindt in dit boek de folklore van een aantal belangrijke elfenstammen. Hun kenmerken en activiteiten worden beschreven en u leest hoe u met ze in contact kunt komen. Laat het wonder van de schepping tot u doordringen en met een beetje geluk raakt u bevriend met een elf en verschijnt de betovering ook in uw eigen wereld.

acht

Oorsprong van elfen

Elfen behoren tot het grote mysterie van het leven. Als u in ze gelooft, brengt u dat meer betovering en voldoening dan wanneer u ze verwerpt vanwege gebrek aan bewijs. In de loop der tijd hebben verschillende theorieën hun bestaan proberen te verklaren.

Eén theorie is dat elfen voormalige godheden zijn wier macht en invloed is afgenomen, wat wordt weerspiegeld door hun kleine gestalte. Volgens een andere theorie zijn elfen de geesten van de doden.

Hemels begin

Volgens het christendom, de islam en tot op zekere hoogte het jodendom is het kleine volkje van hemelse origine. In de grote hemelse oorlog weigerde de ijdele, trotse Satan zich te onderwerpen aan Gods autoriteit. Een derde van de engelen schaarde zich achter hem in de strijd met de engelen van het licht, aangevoerd door de aartsengel Michaël. Na hun nederlaag werden de rebellen verbannen naar de stoffelijke wereld. Elfen zijn lagere engelen die op de een of andere manier aan de verkeerde kant terechtkwamen en met de gevallen engelen werden verbannen. Sommige elfen raakten niet verbitterd en maakten wat van hun nieuwe bestaan in de fascinerende natuur. Door het scheppen van een aards paradijs dat de mens verlossing zal brengen, zullen zij ook verlossing vinden. Andere elfen verbergen zich in de krochten van de aarde en likken hun wonden. Ze houden de mens deels verantwoordelijk voor hun lot omdat een van Satans zonden was dat hij weigerde te buigen voor de mensheid. Dat verklaart hun antipathie voor de mens en hun belangrijkste motivatie.

Inheemse pygmeeën

Volgens de Kelten en andere nomadenvolkeren bewoonden inheemse pygmeeën, het kleine volkje, de landen die deze nomaden binnentrokken. Deze elfen verscholen zich in de heuvelen en vonden daar een ingang naar het binnenste van de aarde. Ze vertrouwen mensen niet, maar ze zijn voldoende geïntrigeerd door ons doen en laten dat ze enige aandacht aan ons schenken en sommige activiteiten zelfs nadoen of eraan meedoen.

Natuurgeesten

Een ras van elfachtigen dat niet in deze theorieën past, bestaat uit de deva's. Deze geesten zijn verantwoordelijk voor alle natuurlijke processen en functies. Hun wezen is volledig gerelateerd aan hun werk en ze hebben geen ethische respons.

Het elfenrijk binnengaan

Een open en edelmoedige geest is onontbeerlijk als u het elfenrijk wilt omarmen. Kinderlijke onschuld en verwondering zijn nuttige eigenschappen, evenals een levendige fantasie en waardering voor de schoonheid en het mysterie van de natuur.

Elfen zijn spirituele wezens en intelligente krachten die, hoewel ze geen stoffelijk lichaam bezitten, zich in welke gedaante dan ook kunnen manifesteren. Net zoals mensen zijn ze afhankelijk van hun levenservaring in staat te veranderen en zich te ontwikkelen als individuen. Ondanks deze belangrijke overeenkomst en het feit dat ze in dezelfde wereld leven als wij, blijft het elfenrijk voor de meeste mensen onzichtbaar.

Intuïtie ontwikkelen

Onze zintuigen kunnen de frequentie waarop deze energetische wezens functioneren niet waarnemen, net zoals we sommige geluidsgolven niet kunnen horen. Maar dat we iets niet kunnen zien, horen, ruiken, aanraken of proeven, betekent nog niet dat het niet bestaat. Veel mensen geloven in aura's, de energievelden rondom ons lichaam. Hoewel de meeste mensen ze niet kunnen zien, voelen we ze op een bepaalde manier wel. Onze fijne zintuigen vangen veel meer op dan uiterlijke verschijningsvormen alleen en instinctief krijgen we een indruk van mensen en plaatsen. Als we deze intuïtieve zintuigen ontwikkelen, kunnen we de intelligente wezens die de natuur animeren, gewaarworden en ons bewust worden van de geheime glorie die alles bezielt.

Ons verbinden met de elementen

Ook kunnen we ons bewuster worden van het geheime leven van de natuur door ervaring op te doen met de dynamische krachten die erachter liggen: de vier elementen vuur, water, aarde en lucht. Deze elementen vertegenwoordigen respectievelijk geest, ziel, lichaam en psyche. Als we de principes van deze elementen in ons leren herkennen, worden we ons bewuster van ons eigen wezen en gaan we meer in overeenstemming leven met alles om ons heen.

De vier elementaire geesten – salamanders, sylven, gnomen en undinen – kunnen dienen als een ingang naar de elfenwereld. Op blz. 14-21 leest u hoe u met ze in verbinding kunt treden. U zult minder zelfbewust en egocentrisch worden. Daarna kunt u in harmonie komen met andere, subtielere wezens. Kom mee, dan gaan we naar ze toe.

Hoofdstuk Een

Elementen & natuurgeesten

De natuur wemelt van geesten. Sterker nog, er gebeurt niets in de natuur zonder tussenkomst van de elementen en deva's. De elementen concentreren zich op elementaire zaken als vuur, water, aarde en lucht, terwijl de deva's zorgdragen voor het plantenleven, van het ontkiemen van het zaad tot de bloei. Daarnaast bestaan er veel andere natuurgeesten, van elfen die de wilde natuur bewaken tot de ijsgeest Jack Frost.

Salamanders

elementen

Salamanders zijn elementaire vuurgeesten. Ze belichamen het vurige principe van de zuivere, onbevreesde, vrije geest. De undinen, de elementaire watergeesten, uiten meer de emoties van de ziel, terwijl de salamanders de allesverterende passie van de ruwe geest weergeven.

Salamanders zijn de pyrotechnici van de natuur: zo behoort het magma in de kern van de aarde en de elektriciteit van een bliksemflits tot hun terrein. Hun taak is een verbinding bewerkstelligen met het geheime vuur, het hart van alles in de natuurlijke wereld.

Brandgevaar

De salamander is het gevaarlijkste element en is het sterkst geladen. Salamanders zijn de mens niet kwaadgezind, maar ze zijn gevaarlijk omdat ze zo ver van ons bestaansniveau af staan. Complete vernietiging kan het gevolg zijn van communicatie met salamanders. Angst of onopgeloste emoties ontploffen als benzine in de withete aanwezigheid van een salamander. Identificeert u zich met iets negatiefs, dan bent u als een dode dennenboom te midden van een bosbrand. Maar mensen kunnen ook veel leren van salamanders. Vuur is het belangrijkste element dat met de andere elementen reageert: door zijn hitte wordt vast materiaal vloeibaar gas. De zon is de stoffelijke reflectie van het goddelijk vuur. Door zijn licht en hitte krijgt onze planeet energie om te leven. Salamanders ontstonden tijdens de eerste vulkaanuitbarsting, toen de enorme dampen de atmosfeer en oceanen deden ontstaan, die op hun beurt het leven op aarde mogelijk maakten. Sindsdien onderzoeken de salamanders de veranderende aard van het vuur.

Een vuurritueel

Concentreer u op de vlam van een kaars. Sluit de ogen en denk aan de interne obstakels die uw ontwikkeling in de weg staan. Stel u voor dat elke hindernis in vlammen opgaat. Stel u voor dat het vuur de stenen in uw hart doet smelten en de zware wateren van emotionele pijn en onrust in u verdampen. Zie dan hoe de passie in uw hart ontvlamt en laat haar uw geest vullen, zodat u boven uw vroegere beperkingen uitstijgt. Als u voldoende verlicht en gezuiverd bent, kunt u meedoen aan de wilde en vreugdevolle uitlatingen van de salamanders en proberen u samen met hen te verbinden met het geheime vuur in het hart van de natuur.

zestien

Sylven

Sylven zijn de heersers van het hemelgewelf, de elementaire geesten van de lucht. Ze zijn sierlijk en vrouwelijk, maar net zo wild als de wind die ze oproepen, vrij als de vogels die ze de lucht in tillen en zo wild en grillig als het weer dat zij mede scheppen.

Sylven zijn begiftigd met alle kwaliteiten van het element lucht. Ze zuchten op het briesje dat door de korenvelden suist, fluisteren op de wind die door de bomen ruist, doen het stof opwaaien dat een voorbode is van de zandstorm en gillen met de rukwinden die de grote oceanen geselen. In de zomer sluimeren ze op lome lucht, zwaar van geur en de zoemende bijen.

Geesten van inspiratie

Sylven kunnen weliswaar onstuimig zijn, maar in wezen zijn ze licht, harmonieus, expressief en inspirerend. Wanneer u met een sylf communiceert, bent u verbazingwekkend helder en kunt u de wereld zien met een scherpe adelaarsblik, terwijl het innerlijk oog van uw intellect de dingen ziet zoals ze werkelijk zijn. Geluiden en geuren worden door de lucht gedragen, zodat we door de lucht kunnen ruiken en horen. Sylven zijn heel muzikaal en creëren prachtige symfonieën van alle geluiden die op de wind worden gedragen.

Als u luistert naar hun muziek, dan raakt u geïnspireerd – letterlijk: het woord 'inspireren' is namelijk afgeleid van het Latijnse 'inspirare', wat 'inademen' betekent. Ze ademen inspiratie in ons en verbinden ons met de grote psyche die ze bewonen en vertegenwoordigen.

Spelen met sylven

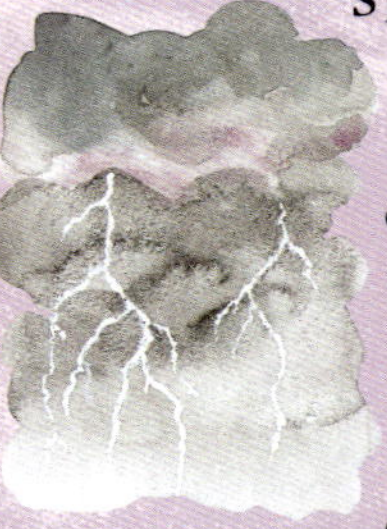

Zoek om u bewust te worden van een sylf een rustige plek buiten. Ontspan u, adem rustig in en uit en luister naar het geluid van de wind door de bomen. Voel de streling op uw wangen. Spreid uw armen en laat u dragen, terwijl de wind omhoog kringelt als een zomerse thermiek of over de heuvelen rolt. Voel de vrijheid en het plezier van onbelemmerd zijn. Laat u gaan en de sylven zullen komen en met u spelen. Misschien laten ze u zien hoe ze graancirkels maken of nemen ze u zelfs mee naar een wild feest hoog in de lucht waar ze samen met de salamanders een extatisch onweer creëren.

elementen Undinen

Undinen zijn de elementaire watergeesten. Ze zijn vrouwelijk, net als het element water, en bewonen de oceanen, zeeën, meren, rivieren en alle andere wateren op aarde.

Water is metafysisch en intuïtief net als zijn heerser, de maan. Het heeft een verbindende, magnetische kwaliteit. Het geleidt geluiden en stromingen en heeft meditatieve en communicatieve krachten. Undinen zijn daarom de meest empatische van de elementaire wezens en veel mensen vinden ze het makkelijkst om zich mee te verbinden.

Uw undinevriendin oproepen

Als u samen bent met een undine, wordt u een vriend(in) en wordt er van u gehouden. Het enige wat u hoeft te doen, is u laten gaan en u laten drijven. Denk water, wees water. Stel uzelf voor als een regendruppel die uit een wolk valt in een snel stromende rivier. Zodra u het oppervlak raakt, wordt u meegenomen met de stroom. En daar is ze ineens: een undine die u omhelst, u voelt, u kent, van u houdt, samensmelt met u. Samen bent u het water, zich uitrekkend en draaiend, kolkend rond rotsblokken, opspattend als u in een waterval naar beneden stort.

U bent zich bewust van alle texturen, alle contouren van de oevers en beddingen die uw haastige koers vormgeven. Nog nooit voelde u deze vrijheid. Al uw emoties en gevoelens stromen vrijelijk, zonder gêne, en worden begrepen. Alle frisse, schone, heldere, zuiverende kwaliteiten van het water doordrenken uw wezen met een opwindende, sensuele extase.

Geleidelijk vermindert de stroom vaart. U draait met uw undine lui in poelen en waterkolken en ze onthult u de geheimen van de plekken die het water op zijn weg heeft verkend. Als u de oceaan bereikt, gaat u op in sterke stromingen en zinkt u naar de fluwelen duisternis. Hier wordt u ingewijd in de oerwijsheid van de diepte. Dit is de bron waar het leven uit ontsprong, in deze natte baarmoeder van Moeder Aarde deelde de eerste cel zich. Hier bestaat geen eenzaamheid want hier is alles één, is alles liefde. Gesterkt door dit inzicht stijgt u op naar het licht. U neemt afscheid van uw undinevriendin en de zon trekt u omhoog de lucht in.

twintig

Gnomen

elementen

Gnomen zijn elementaire aardegeesten. Aarde is het element dat de stoffelijke lichamen van alle dingen regelt en gnomen richten zich voornamelijk op de processen waarbij materie een andere vorm aanneemt.

Een gnoom richt zich vooral op de minerale wereld. Gnomen reguleren niet de formatie van metalen en mineralen – dat is het werk van de minerale deva's – maar zij willen weten hoe de bouwstenen van het fysieke leven werken. Daarom maken alchemisten en tovenaars graag gebruik van hun kennis. Alchemisten willen de aard van de materie doorgronden, zodat ze haar kunnen manipuleren en verheffen. Tovenaars willen weten hoe atomen combineren tot een vorm, zodat ze dingen uit de lucht kunnen toveren en hun macht over de natuur kunnen vergroten.

Diamantbewakers

Gnomen zijn van nature heel nuchter. Ze zijn serieus, praktisch, ijverig, kritisch, vastberaden en geduldig. Tovenaars gebruiken ingewikkelde rituelen en bezweringen om gnomen op te roepen en ze te onderwerpen aan hun wil. Gnomen die op deze manier worden opgeroepen, zien eruit als kleine, verweerde oude mannetjes met zwakke ogen en spitse neusjes.

Gnomen die tegen hun wil worden opgeroepen, zijn zwijgzaam en knorrig want ze hebben er een hekel aan dat ze naar onze tijd en ruimte worden gesleept. Ze opereren op veel lagere frequenties dan mensen. Wat voor ons een eeuwigheid lijkt, is voor hen slechts een ogenblik. Ze kunnen tussen de ruimte tussen de atomen verblijven en geduldig een stuk kolen in een diamant zien veranderen.

Met gnomen communiceren

Om met gnomen te communiceren moet u zich door meditatie een langzamer tempo aanmeten. Als u in een staat van diepe rust bent gekomen, daalt u af tot de kern van de materie. Als u zich dit voldoende eigen kunt maken terwijl u alert blijft, ontmoet u wellicht een gnoom op zijn eigen terrein. Daar is hij chagrijnig noch langzaam. Hij is opgewekt, vlot en loopt over van enthousiasme. Hij geniet van de interesse van de mens en als u de juiste vragen stelt, zal hij graag zijn kennis met u delen. Zo kan hij u vertellen hoe lood verandert in goud in de smeltkroes van de aarde.

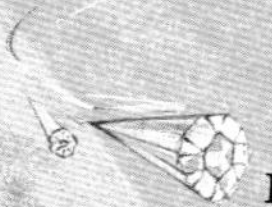

2 en twintig

Deva's natuurgeesten

Deva's zijn de geesten die de natuur bij elkaar houden. Elk onderdeel in het universum is ontstaan uit een idee, de blauwdruk van de fysieke vorm. Deva's zorgen ervoor dat die ideeën zichtbaar worden.

Terwijl de biologen nog steeds bezig zijn met de vraag hoe er leven ontstond uit materie, vertellen volksverhalen dat het leven de materie maakte. In het begin was er bewustzijn, de drang om te zijn. Om deze drang te bevredigen creëerde het bewustzijn het leven en om te evolueren creëerde het leven de materie.

Intelligenties ordenen

Het woord 'deva' betekent in het Sanskriet 'god' of 'godheid'. Deva's zijn de verlichte wezens uit het boeddhisme en hindoeïsme, bewuste spirituele wezens, zoals engelen, die orde brengen in alles wat bestaat. Zij zijn verantwoordelijk voor de evolutie van de natuur. Toen William Blake in zijn beroemde gedicht over de tijger vroeg "Welke onsterfelijke hand of oog kon jouw angstwekkende symmetrie smeden?" is het antwoord de tijgerdeva, die een idee dat was ontstaan in de geest van de natuur tot uiting bracht.

Alles heeft een ziel

Deva's zijn de bezielende, spirituele spiegel van de stoffelijke wereld. Ze zorgen voor orde en cohesie in de materie. Elk atoom en elke molecuul heeft een ziel, want zonder zouden ze geen cohesie bevatten. Deva's zijn de lijm die de stof van het universum aan elkaar plakt. Elk individu heeft zijn eigen deva, die handelt als een instinctief mechanisme. Daarom heeft de tijger overlevingsinstinct en verandert alles wat hij via zijn voedsel opneemt in tijger. Elke tijgersoort heeft een eigen deva, een hogere deva controleert alle tijgers en een nog hogere deva alle katachtigen. Weer een hogere deva heerst over alle zoogdieren, enzovoort. In het plantenrijk staan de deva's aan het hoofd van de bloemenelfjes en andere lagere plantengeesten.

Onbegrensde mogelijkheden

Deva's kunnen zich in de loop der tijd ontwikkelen. Omdat ze de relatie tussen hun huidige functie en de hogere functies leren begrijpen, kunnen ze steeds belangrijkere taken op zich nemen. Als een mineraalmolecuul wordt opgenomen door een plantenwortel wordt hij deel van de plant. De deva van het molecuul kan dan een worteldeva worden. Als hij de relatie van de wortels tot de rest van de plant leert begrijpen, kan hij veranderen in een bladelfje of bloemenelfje. Als hij zich bewust wordt van de waardering van de tuinman voor zijn bloem, kan hij een deva worden die verbonden is met de hovenierskunst; deva's staan ook aan het hoofd van alle kunsten en ambachten, gemeenschappen en naties, gebouwen, steden, rivieren en bergen. Alles is met elkaar verbonden en de deva's smeden die verbinding. Een deva heeft onbegrensde mogelijkheden. Net zoals wij een steeds groter bewustzijn kunnen ambiëren, kan een deva een aartsengel worden.

Deva als leraar

Aan het eind van de jaren 60 ontving Dorothy Maclean, lid van de beroemde Findhorn-commune in Schotland, tijdens diepe meditatie instructies van plantendeva's. Zij en haar medewerkers voerden de opdrachten uit en produceerden te midden van zandgronden een wonderbaarlijk vruchtbare tuin, waar planten van opmerkelijke grootte en sterkte groeiden. Hoveniers van overal ter wereld kwamen om met eigen ogen dit wonder te zien. Sindsdien kent de hele wereld de plantendeva's.

Deva's zijn er natuurlijk altijd geweest en waren vroeger ook bekend. In de moderne wereld zijn we hun bestaan echter bijna vergeten. Sjamanen en medicijnmannen zijn in traditionele gemeenschappen mensen die deze geesten waarnemen en met ze werken. Vroeger waren er ook heksen, wijze vrouwen en alchemisten die met deva's werkten, maar zij werden vervolgd door meedogenloze volgelingen van religieuze en wetenschappelijke dogma's, die ofwel bang waren voor de spirituele wereld of die wereld ontkenden.

Groene vingers

U hoeft niet over speciale krachten te beschikken om met plantendeva's te communiceren. Door hun bestaan te erkennen en planten met meer eerbied en ontzag te benaderen, kunt u sommige van hun geheimen leren kennen. Naarmate u ze beter leert kennen, kunt u ook informatie krijgen over geneeskundige planten, de voedingswaarde ervan of de hovenierskunst. In het hoofdstuk 'Rituelen & recepten' leest u meer over contact maken met de deva's en hoe u met ze kunt werken.

natuurgeesten

Bloemen-elfjes

Vraag eens iemand hoe een elf eruitziet en hij of zij zal waarschijnlijk een bloemenelfje beschrijven – klein, rank en kinderlijk met transparante vleugels. Bloemenelfjes zijn plantengeesten die qua kleur en kleding bij de bloem passen die zij verzorgen.

De kleine, sierlijke bloemenelfjes met hun doorschijnende libellenvleugels hebben de aangename taak de bloem van bloeiende planten te verzorgen. Onder leiding van de deva's werken ze de hele dag onafgebroken, zodat hun bloemen de juiste kleur, geur en organen krijgen om insecten aan te trekken en er een succesvolle bestuiving plaatsvindt.

De Cottingley-elfjes

In 1917 beweerden twee meisjes dat ze elfjes hadden zien spelen in een vallei in Cottingley, in het noorden van Engeland. Op hun beroemde foto's staan de meisjes in gezelschap van de bloemenelfjes. Veel eminente geleerden uit die tijd betoogden dat het om trucagefoto's ging, maar anderen, zoals Sherlock Holmes-bedenker Sir Arthur Conan Doyle, waren er heilig van overtuigd dat ze authentiek waren. De meisjes gaven uiteindelijk toe dat de foto's nep waren, maar tot hun dood hebben ze volgehouden dat ze echt elfjes hadden gezien.

Cicely Mary Barker

Cicely Mary Barker maakte in de jaren 20 prachtige en betoverende schilderingen van bloemenelfjes, die ook nu nog steeds in druk zijn. Elk elfje beeldde ze af met zijn bloem en in een bijbehorend rijmpje beschreef ze de gewoonten en eigenschappen van de plant. De schitterende, levendige tekeningen en rijmpjes spreken zowel kinderen als volwassenen aan.

Een bloemenelfje zien

De bloemenelfjes zijn gekleed in dezelfde kleur als hun bloem en zijn van alle elfen het gemakkelijkst te visualiseren en zelfs te zien. De beste tijd daarvoor is tussen zonsopkomst en de middag als ze bezig zijn met het openen van de bloem en het aantrekken van insecten. U kunt ze niet zien door direct naar ze te kijken, maar dat wegschietende, flikkerende lichtje dat u soms vanuit een ooghoek ziet... u weet maar nooit wat dat werkelijk is.

natuurgeesten

Nimfen

Nimfen zijn vrouwelijke geesten die huizen in plaatsen van grote schoonheid. Ze vertegenwoordigen het zuivere, ongerepte, vrouwelijke aspect van de natuur en verschijnen altijd als fraaie, aantrekkelijke dames.

Meestal zijn nimfen half ontkleed en hun naaktheid weerspiegelt hun onschuld en gebrek aan gêne. Hoewel nimfen overal ter wereld voorkomen, hebt u rond de Middellandse Zee de meeste kans er een te zien of te voelen. Mediterrane mensen zitten bijna op gelijk niveau met de bijzondere energie van de nimfen en zijn zo gelukkig ze vaak te ontmoeten. De verschillende soorten nimfen lijken veel op elkaar, maar elk heeft een eigen functie. Ze zijn allemaal dienstmeisjes van de natuurgodin Diana.

Dryaden en oreaden

Dryaden zijn de beschermgeesten van bomen en bossen. Hun naam is afgeleid van 'druas', het Griekse woord voor eik, de belangrijkste boom in het woud. De bergen behoren de oreaden toe, die in nauw verband staan met Afrodite, de godin van de liefde. De oreaden zijn vol passie en ondanks hun schuchterheid hebben ze vaak amoureuze neigingen naar mensen toe. Hun bedeesde sensualiteit staat in contrast met de wellust van hun mannelijke tegenhangers, de faunen en saters.

Najaden en andere waternimfen

Nimfen komen altijd samen nabij water. In de zoetwaterbronnen en stroompjes wonen de najaden. Zij zorgen ervoor dat de meertjes en vennen in de zomer vol water blijven. Ze werken samen met de dryaden:

de bomen van de dryaden geven de meertjes van de najaden schaduw en zorgen er zo voor dat de bron de dorst van planten en dieren lest. De overleving van de nimfen zelf hangt af van de waterpoelen, want ze kunnen sterven als de bron opdroogt of de boom sterft. Wateren die door najaden worden beschermd, zijn heilig. Sommige hebben genezende eigenschappen en andere voorspellende.

Najaden komen vaak voor in de klassieke Griekse literatuur. De mooiste was Aegel en uit haar verbintenis met de zonnegod Helios kwamen de drie gratiën of chariten voort. Een andere bronnimf, Salmacis, werd smoorverliefd op Hermaphroditus, de zoon van Hermes en Afrodite. Ze trok hem in haar bron waar hun lichamen één werden.

De andere groep waternimfen zijn de oceaniden en nereïden. Oceaniden bewonen de grote oceanen en de nereïden, die soms op zeemeerminnen lijken, huizen in de Middellandse Zee. Ze helpen schepelingen die dreigen met hun schip ten onder te gaan en te verdrinken.

Een nimf zien

U kunt op een bijzonder mooie plek in de natuur een nimf tegenkomen. Als u ze zoekt, vindt u ze echter niet. De truc is om de schoonheid van de bomen, rotsen en bronnen net zo te bewonderen als de nimfen dat doen. Ze houden van onze waardering die, als hij groot genoeg is, hen vrolijk om ons heen doet dartelen. Een warme, zonnige namiddag is de beste tijd om ze te voelen en om van hun magische aanwezigheid te genieten.

Faunen & saters

natuurgeesten

Tot de meest kleurrijke natuurgeesten behoren de faunen en saters die zo geroemd werden in de antieke tijd. Zij dienen de grote god Pan, de natuurgod, en beschermen de fauna van bossen en velden.

Faunen en saters zijn kleine mannetjes met gekromde hoorns en geitenpoten met gespleten hoeven. Als dienaars van Bacchus, de god van de wijn, is hun leven een voortdurende lofzang op de vruchtbaarheid en overvloed van de natuur. Ze zijn de herrieschoppers van de elfenwereld en staan bekend om hun dronkenschap, wellust en bandeloosheid. Ze dansen en spelen de hele dag op de panfluit en zitten voortdurend achter de nimfen aan.

Het oude Rome en Griekenland

In het oude Griekenland kenden de tragedies vaak een obsceen tussenbedrijf of epiloog waarin saters een rol speelden – dit is de oorsprong van de satire. Op Griekse en Romeinse keramiek staan vaak faunen en saters die met enorme erecties paraderen en hun aanstekelijke levenspassie inspireerde de beruchte Romeinse bacchanalia – midzomerorgiën die door duizenden dronken mensen op het platteland werden gehouden.

Dartelen in de wilde natuur

Nu is het zeer onwaarschijnlijk dat we een faun of sater tegenkomen, want ze zijn niet langer geïnteresseerd in de mens. Vroeger lieten ze zich graag in met mensen en hadden er lol in ons te plagen en beet te nemen. Nu zien ze ons echter als verraders, vandalen en spelbrekers. Als individuen hebben we echter niets van ze te vrezen, vooral niet als we de natuur met eerbied behandelen en hun ontembare liefde voor het leven delen. Op wilde plekken in de natuur is hun geest nog steeds springlevend, maar de tijd dat ze in onze aanwezigheid ronddartelen, behoort tot het verleden.

natuurgeesten

Boselfen

Van het hele elfse volk spreken de boselfjes het meest tot onze verbeelding. Deze soort elfjes bewaakt de wilde natuur.

Boselfen zijn wezens van het licht en staan bij de Ieren bekend als de 'Tuatha Dé Danann', het volk van Dana, de godin van Moeder Aarde die de natuur aan hen toevertrouwde. De boselfjes houden toezicht op het werk van de natuurdeva's en genieten van de schoonheid van de natuurlijke wereld en alle wezens die erin wonen.

Het frêle volk

Boselfjes worden vaak het frêle volk genoemd, omdat ze kleiner zijn dan wij. Met hun lichte, schuin geplaatste ogen en scherpe gelaatstrekken zijn ze het toppunt van natuurlijke gratie en intelligentie. De boselfjes zijn spiritueel zo harmonieus dat hun lichaam minder compact is dan het onze. Daarom kunnen ze van gedaante veranderen, door de lucht vliegen en zelfs door solide objecten heen gaan.

Boselfen leven in groepen in plaats van alleen. Hun maatschappij beantwoordt aan het romantische ideaalbeeld: een perfecte hiërarchie met aan het hoofd een elfenkoning of -koningin. Hun hele leven is een ritueel van liefde. Ze vieren alle seizoenen en natuurkrachten en dansen en dartelen dan de hele nacht rond hun vuren, die branden met een blauwachtige vlam die niet schroeit of verbrandt. Overdag worden ze maar zelden waargenomen, niet omdat ze het licht schuwen, maar omdat de zonnestralen door hen heen schijnen. Ze zijn niet solide genoeg om een schaduw te hebben.

Waardering voor de natuur

Hoewel de boselfen de mensen goedgezind zijn, komt hun relatie met ons op steeds gespannener voet te staan. Ze eren de mensheid want ze weten dat het onze grote taak is de ziel van de planeet te uiten, evenals zij zijn geest uiten. Maar onze onwetendheid en wreedheid doen ze verdriet en maken dat ze op hun hoede zijn voor ons. Sommige boselfen vergeven ons onze schending van de natuur maar moeilijk en mijden ons. Maar de helderzienden onder ons kunnen wellicht nog boselfen zien, net zoals iedereen wier lichtheid van bestaan en alerte waardering voor de natuur de hunne benadert. Tekenen van hun aanwezigheid zijn de zogenaamde elfenkringen, die mysterieuze cirkels van kleine paddestoelen waar de boselfen hun rituele feesten vieren.

Boomgeesten

In de bomen wemelt het van elfen. Bomen zijn niet alleen een thuis voor vogels en andere dieren, maar ook verschillende elfenstammen, zoals blad- en bloemenelfjes, deva's en zielen-geesten en verschillende beschermgeesten huizen er.

Blad- en bloemenelfjes zorgen voor het gebladerte en de vruchtbaarheid, terwijl de deva het totale groeipatroon van zijn specifieke soort boom bepaalt. Elke boom heeft ook een eigen zielengeest die wordt geboren als de boom ontkiemt en heengaat als de boom sterft. Al deze elfen geven een boom zijn unieke persoonlijkheid en dat verklaart waarom sommige bomen gereserveerd en griezelig zijn, terwijl andere ons uitnodigen om erin te klimmen.

De radande, dryaden en hamadryaden

Bomen zijn ook een thuis voor elfen die optreden als beschermgeesten – de radande, dryaden en hamadryaden. De radande zijn een bepaalde stam boselfen uit de Zweedse folklore. Elke boom bezit een eigen 'ra', een geest die zijn gastheer kan bewegen. De ra begunstigt iederéén die hem respecteert met een grote oogst fruit en noten. Dryaden en hamadryaden zien er vanaf de taille uit als mooie vrouwen, maar hebben stam en wortels als onderlichaam.

Dryaden kunnen van boom naar boom trekken en komen vaak samen in de oudste en sterkste boom. Hamadryaden zijn onlosmakelijk verbonden aan hun gastheerboom. De radande en hamadryaden zijn voor hun leven totaal afhankelijk van hun boom; ze sterven met hun gastheer.

Elfenbomen zoeken

Elke cultuur heeft zijn eigen heilige boom waar de meeste krachtige geesten in huizen. Zo zijn de eik, es en meidoorn populaire elfenplaatsen in het oude sprookjesland Albion (Engeland). Zoek de oudste en gezondste bomen op: dat zijn de stamhoofden. Ga zitten en leun met de rug tegen de boomstam. Laat, terwijl u de vitaliserende energie van de boom opneemt, zijn geesten hun geheimen met u delen. Als u vriendelijk bent en respect toont, kunt u communiceren met de inwoners van de elfenwereld.

Mocht u ooit genoodzaakt zijn een boom te kappen, vraag dan eerst toestemming van het oude stamhoofd en leg het uit. Hij zal u helpen de juiste boom te selecteren, een die er klaar voor is om te worden gekapt. Geef de geesten de kans om te vertrekken.

Korengeest

De korengeest is een deva, een leidende natuurgeest. Elk jaar zijn we van haar afhankelijk voor de vruchtbaarheid van de graanvelden en een succesvolle oogst – hoe beter we de grond behandelen en hoe meer respect we tonen voor de korengeest, hoe gezonder en voedzamer de oogst is.

De korengeest wordt al vereerd sinds de mensheid met de graanverbouw begon. Noord-Amerikaanse indianen, zoals de Cherokee, vereerden de korengeest naast andere geesten die voor andere soorten oogsten zorgden. Net zoals de andere natuurgeesten wordt de korengeest steeds zwakker door moderne landbouwtechnieken, zoals het gebruik van pesticiden.

Het korenschoofritueel

Voor de komst van de oogstmachines voerden agrarische gemeenschappen jaarlijks veel rituelen uit ter ere van de korengeest. Men geloofde dat zij zich had verstopt in de laatste korenschoof die tijdens de oogst werd bijeengebonden. Daarom werd die schoof apart gehouden en vervolgens ceremonieel naar de tiendschuur gedragen, waar er een krans van werd gevlochten. Het hoofd van de gemeenschap hing de krans op een ereplaats op in de kerk. Op midwinter voerde men een deel van de schoof aan de koeien om gezonde kalveren en een hoge melkopbrengst zeker te stellen. Van de rest vlocht men een korenpoppetje dat in de schuur werd opgehangen als bescherming voor de vruchtbaarheid en voedingswaarde van het graan. Later werd het onder de grond geploegd om een goede oogst voor het volgend jaar zeker te stellen.

Een korenpoppetje vlechten

Laat vijf graanhalmen 30 minuten in koel water weken, wikkel ze dan 15 minuten in een handdoek. Bind de halmen net onder de aren samen met een katoenen draad. Leg de strootjes zo neer dat ze een kruis vormen, waarbij een arm wordt gevormd door twee strootjes.

Neem een halm van het dubbele armpje en vouw hem over de halm ernaast zodat hij parallel ligt aan de volgende arm van het kruis. Pak die halm, draai hem rond de nieuwe en vouw hem erover zodat hij evenwijdig ligt aan de derde arm, enzovoort. Als u één keer rond bent, hebt u een vierkantje. Blijf op deze manier weven tot de spiraal de gewenste afmeting heeft bereikt. Als u bij de nek van het poppetje bent aangekomen, vlecht u de rest van de halmen samen en knoopt u ze tot een lus.

Jack Frost

Jack Frost is de speelse geest van de vrieskou. Meestal is hij helemaal in het wit of zilver gekleed en behangen met ijspegels. Hij zwaait met zijn toverstaf om alles met ijskristallen te bedekken. Hij vindt het ontzettend leuk om in vingers en tenen te knijpen en oren en neuzen rood te maken.

Er is bijna niets zo leuk dan op een ochtend aan het eind van de herfst wakker te worden en te ontdekken dat de vorst de wereld heeft veranderd in een stralend, magisch winterlandschap met fonkelende, sprankelende, zacht tinkelende ijskristallen die elk grassprietje en elk twijgje versieren. Vooral kinderen kunnen bijna niet wachten om hun jas, laarzen en handschoenen aan te trekken en zich tussen al die pracht te begeven.

De koude lucht doet u de adem afsnijden, de ogen glinsteren en op uw gezicht verschijnt een brede grijns van verrassing en blijdschap. Bevroren bladeren knisperen onder uw laarzen. U pakt er een op en staart verwonderd naar het delicate, complexe, kanten patroon: elk nerfje is te zien in het parelachtige zilveren netwerk dat lijkt op een elfenvleugel.

De ijzige bengel

Welke tovenaar heeft dit wonder gemaakt? Jack Frost natuurlijk – wie anders! Die ijzige bengel heeft de hele nacht gewerkt om de saaie opmars van de winter wat op te vrolijken. In die vroege, winterse nachten, wanneer de lucht helder wordt en de temperatuur keldert, gebruikt hij de vochtige lucht om op elk oppervlak minuscule ijskristallen te maken. Als het niet waait, grijpen de kristallen in elkaar en ontstaan er prachtige, complexe vormen die lijken op varens en bloemen. Als de zon opkomt, reflecteren en breken de ontelbare kristallen oppervlakten het zonlicht, zodat ze schitteren als miljoenen kostbare edelstenen. Het lichtste zuchtje wind zorgt voor een klaterende waterval aan geluid.

U kunt Jack bijna horen lachen wanneer volwassenen hun waardigheid verliezen en uitglijden op het ijs. Zijn ijzige vingers knijpen in oren en neuzen. Pak u goed in en blijf bewegen, want anders zal Jack u laten merken hoe koud of zijn hart wel is. Hij kruipt in het merg van uw botten en zuigt het leven eruit als u hem zijn gang laat gaan. Zijn meesteres is namelijk de sneeuwkoningin, het wrede en ijskoude hart van de winter. Geniet van Jacks schitterende ijsfeest, maar pas op voor dun ijs en zorg ervoor dat uw innerlijk vuur blijft branden.

Jack-in-het-groen

Jack-in-het-groen wordt ook wel de 'groene man' genoemd. Hij is de geest van het groene woud en in heel Europa worden in alle voormalige dicht beboste gebieden zijn equivalenten vereerd en gevierd.

Jack-in-het-groen vertegenwoordigt de eeuwige terugkeer van de lente die volgt op de dood van de herfst en het verval van de winter. Dit jaarlijkse wonder komt het duidelijkst tot uiting in het groen dat uit de kale grond schiet. Jack-in-het-groen wordt ritueel geëerd op lentefeesten, uitgebeeld door een man in groene kleren of een gazen kooi bedekt met bladeren. Ook kunnen we het beeld van een groen mannenhoofd omlijst door bladeren vinden op de muren en houten kerkbanken van veel middeleeuwse kerken.

Robin Hood

Legendarische volkshelden uit het woud, zoals Robin Hood en de groene ridder uit de Arthur-legende, zijn afgeleid van Jack-in-het-groen. Wellicht is Robin Hood gebaseerd op een historische figuur, maar in wezen vertegenwoordigen Robin en zijn bendeleden de oude geest van het woud. Ze gaan gekleed in het groen, houden zich schuil in het woud en zijn hun Normandische bezetters, die hun voorouderlijk land hebben overweldigd, voortdurend te slim af. In dit opzicht zijn ze een metafoor voor de boselfen en andere leden van het kleine volkje, die zich hebben teruggetrokken in het woud en zich schuilhouden voor de mens. Evenals Robin Hood is Jack-in-het-groen een sluwe oplichter die graag de mensen voor de gek houdt en iedereen die geen respect toont voor de wetten van de natuur een lesje leert.

Jacks energie voelen

De uitbundige mentaliteit van Jack-in-het-groen kunnen we voelen als we ons alledaagse zelf afgooien en ons in de lente of vroege zomer in het groene woud storten. Luister dan goed naar Jacks beschermgeest, de lachende groene specht. Sluit de ogen terwijl u luistert naar zijn opvallende roep en deel de verkwikkende energie die door de aarde stroomt. Laat haar binnenkomen via uw tenen en opklimmen door uw lichaam.

Hoofdstuk Twee

Elfen-hulpjes

Niet alle elfen hebben een specifieke functie in de natuur. Sommige werkeloze leden van het kleine volkje zijn dermate geïnteresseerd geraakt in het doen en laten van de mens, dat ze bij ons in huis zijn komen wonen en ons gedrag zijn gaan imiteren. Hoewel vele hun aangeboren gevoel voor ondeugende humor hebben behouden, kunnen ze, mits ze worden behandeld met tact en respect, heel nuttige hulpjes worden; sommige kunnen ons leven zelfs heel erg verbeteren door de geheimen van een bepaald ambacht met ons te delen.

Brownies

Brownies worden over het algemeen omschreven als ruige, kleine, donkerharige mannetjes met een lengte tot een meter en een bruine huid. Ze zijn het bekendst in Groot-Brittannië, vooral in het noorden van Engeland en in Schotland, waar de naam ook vandaan komt.

Veel mensen geloofden dat brownies de oorspronkelijke bewoners van Groot-Brittannië waren voor de komst van de Kelten. Hoewel er inderdaad bewijzen bestaan dat deze mensen kleiner waren dan de Kelten, is het aannemelijker dat brownies elfen zijn dan een klein menselijk ras.

Gewoonten en gebruiken

Er bestaat een schat aan informatie over deze ongrijpbare kleine wezens. Meestal zijn ze op zichzelf en verbinden ze zich aan een huis, vooral een boerderij of landhuis, hoewel ze soms ook een speciale band ontwikkelen met een gezin en hen volgen als ze verhuizen. Ze doen allerlei zwaar werk op het land, zoals het graan maaien en dorsen. Deze klussen worden altijd 's nachts uitgevoerd, want de brownie wil liever niet worden gezien.

Hoewel brownies vaak zeer gewaardeerd worden om hun ijver en vlijt, verafschuwen ze erkenning door de mens. De reden daarvoor is de afgelopen eeuwen aan discussie onderhevig geweest. Een vermoeden is dat ze tot de verbannen geesten behoren die zich tijdens de grote hemelse oorlog aan de verliezende kant bevonden. Toch zijn ze zo gefascineerd door de mens en al zijn doen en laten dat ze wel in onze nabijheid willen wonen en ons willen imiteren. Ze voelen zich echter zeer slecht op hun gemak in onze buurt.

Omgaan met brownies

Zorg ervoor dat u niet laat merken dat u zich bewust bent van de aanwezigheid van een brownie. Openlijk vertoon van dankbaarheid, vooral het demonstratief achterlaten van cadeaus zoals kleding, leidt er vaak toe dat de brownie nijdig verdwijnt om nooit meer terug te keren. Het is wel gebruikelijk om 's nachts voedsel voor ze neer te zetten – bij voorkeur melk en koekjes – maar laat de brownie in de waan dat het daar per ongeluk is blijven staan. Ook is het belangrijk dat u nooit openlijk over een brownie spreekt, want ze hebben een scherp gehoor en zijn heel wantrouwig. Lever vooral geen kritiek op het werk van een brownie, want dat zal een vreselijke driftbui tot gevolg hebben en hij zal zijn werk staken.

Domovoj

Domovoj zijn de huisgeesten van de Slavische bevolking in Oost-Europa. Ze kunnen verschillende gedaanten aannemen, maar verschijnen meestal als harige, kleine mannetjes met een grijze baard. Domovoj hebben veel gemeen met de West-Europese brownies en hobgoblins.

Er bestaan Slavische volksverhalen over rebellerende geesten die uit de hemel werden verbannen en naar de aarde werden gestuurd. De geesten die op een huis vielen, raakten aan het huiselijk leven gewend en maakten zichzelf nuttig. De geesten die op een schuur of op een stuk land vielen, werden goede verzorgers en arbeiders, maar waren minder tam. De geesten die in de wilde natuur terechtkwamen, waren gemeen en gevaarlijk. Domovoj behoren tot de eerste soort.

De haardelf

Als een Slavische stam naar een nieuwe woonplaats trok, werden ze vergezeld door voorouderlijke geesten. Toen ze begonnen met het ontginnen van hun land en vaste huizen gingen bouwen, trokken de domovoj bij hen in en hechtten zich aan families bij wie ze dan generaties lang bleven. Het fijnste van het wonen bij de mensen vinden ze de warmte van het haardvuur, want net zoals de meeste elfen kunnen ze geen vuur maken. In oude Russische huizen delen de haard en de oven dezelfde schoorsteen. Daar wordt dan ook 's nachts voedsel achtergelaten voor de domovoj. Dat houdt ze rustig en welgezind. Vaak heeft een domovoj een vrouw, een domania of domovikha, die onder de vloer of in de kelder huist.

Beschermer en waarzegger

Hoewel de domovoj nuttige arbeidskrachten zijn, is hun belangrijkste functie die van beschermer: ze behoeden het huis voor kwade geesten en indringers. Vroeger was angst voor de domovoj al voldoende om van inbraak een zeldzame misdaad te maken.

Domovoj geven ook voortekenen van toekomstige problemen of rampen. Ze waarschuwen iemand bijvoorbeeld voor een naderend ongeluk door aan het haar te trekken of iemand met een koude, klamme hand aan te raken. Een zachte, donzige aanraking is een goed teken.

Evenals brownies heeft de domovoj zo zijn grillen. Hij houdt er niet van dat er openlijk over hem wordt gesproken en daarom verwijzen mensen naar hem als 'hemzelf', 'opa' of 'gelokt' (kerel). Soms kan hij in een boze bui zover gaan dat hij het huis in brand steekt. Maar hij kan zich ook erg gaan hechten aan zijn woning en als een gezin verhuist, moeten ze wat voedsel bij het fornuis zetten om er zeker van te zijn dat de domovoj hen volgt.

Wee Willie Winkie

Wee Willie Winkie rent door de stad.
In zijn nachthemd, trap op, trap af.
Hij bonkt op de ruiten en roept door het sleutelgat:
"Liggen alle kinderen in bed? Want de klok slaat al acht."

Wee Willie Winkie is de bekendste slaapgeest in de Engelstalige landen. Hij is een van de vele kinderkamergeesten die zijn bedacht door volwassenen om de kinderen tot gehoorzaamheid te manen, wat natuurlijk niet wil zeggen dat hij niet echt bestaat. In de fantasie van miljoenen kinderen, van vroeger en nu, is hij springlevend. Mogelijk plakken sommige kinderen de persoonlijkheid van Wee Willie Winkie op hun eigen beschermengel, die hen dan in die hoedanigheid kan beïnvloeden.

Slaapgeesten

Slaapgeesten, zoals Wee Willie Winkie, Klaas Vaak, het Zandmannetje, Ole Luke Oie in Scandinavië en Peper Poussière in Frankrijk, handelen evenals de beschermengelen als beschermers van kinderen. Ze zorgen voor een rustige slaap en mooie dromen en houden nachtelijke angsten op een afstand.

Het Zandmannetje strooit magisch droomzand in de ogen van slaperige kinderen, terwijl Ole Luke Oie en Wee Willie Winkie hen bij de hand nemen en hen naar het prachtige dromenland leiden.

Een helpende hand

Dergelijke kinderkamergeesten zijn voor ouders van onschatbare waarde en kunnen worden ingezet om bedwateren en slaapwandelen onder controle te houden. Men kan kinderen vriendelijk en opgewekt aanmoedigen om aan Wee Willie Winkie te vragen hen wakker te maken als hun blaas te vol wordt of als ze uit bed stappen.

In tijden van spanning, na een erge gebeurtenis of misschien wanneer kinderen in een vreemd bed slapen, kunnen vriendelijke slaapgeesten hen afleiden van gedachten die leiden tot nachtmerries of slapeloosheid. Wee Willie Winkie is een grote favoriet, omdat hij kinderlijk, grappig en een ietsepietsie ondeugend is, altijd in is voor een avontuurtje en behept is met een levendige fantasie, zodat kinderen zich gemakkelijk met hem kunnen identificeren.

elfenhulpjes

Hobgoblins

Hobgoblins zijn een minder griezelige en wat vriendelijker en beschaafdere soort goblins. Evenals brownies zijn ze behulpzame huiselfen die klusjes in huis doen. Het woord 'hob' betekent gasfornuis of haard, het warme hart van een huishouden.

Hobgoblins waren vroeger goblins, de kwaadaardige elfen die in huizen gingen wonen om ons lastig te vallen. Maar hobgoblins vonden het leuker ons te imiteren dan ons te pesten en werden toen zeer nuttige leden van het huishouden. Als het moet, kunnen ze praktisch elke taak aan, maar ze zijn vooral gespecialiseerd in het karnen van melk voor boter en het dorsen en malen van graan voor bloem en meel.

Nachtwerkers

Hobgoblins waren vroeger onderaardse geesten en daarom kunnen ze het daglicht niet verdragen en zijn ze alleen 's nachts actief. Ze houden van de warmte van het fornuis en dat is een reden waarom ze naar onze huizen werden getrokken: ze kunnen namelijk – evenmin als de meeste elfen – zelf geen vuur maken. Doordat de meeste moderne huizen tegenwoordig een elektrisch of gasfornuis hebben in plaats van constant brandende fornuizen zijn de eens zo veel voorkomende hobgoblins bijna geheel verdwenen.

Minder plagerig dan brownies

Ondanks hun domesticatie en hun behulpzame instelling hebben hobgoblins wel wat van hun ondeugendheid behouden. Ze vinden het ontzettend leuk om streken uit te halen, vooral met luie, dronken of chagrijnige mensen. Boosaardig zijn ze echter nooit, tenzij men ze beledigt. Hun streken geven ons dan ook vaak een beeld van ons eigen gedrag.

Omgaan met hobgoblins

Hobgoblins zijn zelfverzekerd en ontspannen. In tegenstelling tot brownies generen ze zich niet om bij ons te wonen en daarom zijn ze veel minder stekelig. Ze vinden het niet erg als hun aanwezigheid wordt erkend of als er over hen wordt gepraat, maar tegen kritiek kunnen ze niet. Als u zo gelukkig bent om een hobgoblin in uw huis te hebben, zorg er dan voor dat u hem niet kwetst, want dan kan hij terugvallen in goblingedrag en een grote ravage aanrichten. Geef hem 's nachts in melk geweekt brood. Denk niet omdat het brood er 's ochtends nog staat dat er niet van is gegeten. Net zoals alle elfen trekken hobgoblins de essentiële bestanddelen uit de etenswaren en laten daarbij het vaste voedsel achter.

elfenhulpjes

Hinzelmann

Hinzelmann is de bekendste Duitse huisgeest. Zijn verhaal, opgeschreven door de gebroeders Grimm, is een van de best gedocumenteerde verslagen van een echte huisgeest, fascinerend vanwege de vele details en inzichten die het biedt in de aard van zulke geesten.

In 1584 hoorden de bedienden in het oude kasteel van Hudemühlen (nu een ruïne), nabij Hannover, vreemd geklop en andere geluiden. Tot hun grote schrik begon een onzichtbare geest tegen hen te praten. De geest richtte zich tot de heer des huizes en was al snel een regelmatig aanwezige gast bij de maaltijden, waar hij met alle aanwezigen sprak. Hij noemde zichzelf Hinzelmann en vertelde dat hij uit de Boheemse bergen kwam, waar hij ruzie had gekregen met zijn soortgenoten.

Helper en speelse plaaggeest

De bewoners van het kasteel raakten langzamerhand gewend aan Hinzelmann en daardoor werd hij steeds vriendelijker, lachte, maakte grapjes en zong met een zachte, jeugdige stem. Hij hield van het gezelschap van jonge mensen, vooral vrouwen. Beledigde men hem echter, dan kon hij boos en wraakzuchtig worden, trok mannen aan hun baard en smeet stoelen om. Omdat de eigenaar van het kasteel maar niet af kon komen van zijn gast besloot hij te verhuizen. Hinzelmann vergezelde hem echter en haalde hem over terug te keren door beterschap te beloven. Na terugkeer bleek de geest bijzonder gedienstig en hielp hij ijverig bij allerlei klusjes. Vooral de kok was van hem gecharmeerd. Op zijn verzoek werd voor hem een kamer ingericht met een tafel, bed en een kleine leunstoel die hij zelf maakte. Hij at in melk geweekt brood, maar hoewel het leek alsof het brood was opgegeten, werd het later in hoekjes of onder het meubilair teruggevonden. Hinzelmann hield wel van een grapje en meestal bedoelde hij het niet kwaad. Wel had hij er veel plezier in om dronken bedienden aan te zetten tot een knokpartij. Luie bedienden leerde hij vaak een lesje en ook bestrafte hij regelmatig mensen voor hun fouten.

Drie afscheidscadeaus

Hinzelmanns genegenheid voor de twee zusters van de kasteelheer was zo groot dat hij regelmatig hun aanbidders wegjoeg. Hij was alleen zichtbaar voor kinderen en de nar Claus, aan wie hij verscheen als een beeldschone, goudharige jongen. Na vier jaren in het kasteel kondigde hij zijn vertrek aan en gaf de heer drie afscheidscadeaus: een klein gevlochten kruis, een strooien hoed en een leren handschoen, alledrie prachtig handwerk. De hoed kwam in het bezit van keizer Ferdinand II; de andere twee cadeaus zijn verloren gegaan. Niemand heeft ooit nog iets van Hinzelmann gehoord.

elfenhulpjes

Klabauterman

Klabauterman woont op zeilschepen. Zijn naam kreeg hij van zeelui en vissers op de Baltische Zee. Evenals de andere elfenhulpjes vindt hij het leuk om zijn menselijke metgezellen een handje te helpen.

Klabauterman is een vrolijk wezen en een harde werker die van schepen houdt en bijzonder handig is in alles wat met zeilen en het onderhoud van schepen te maken heeft. Hij kan het zeil hijsen en reven, de lading in het ruim stouwen, het anker lichten en het dek schrobben. Dat alles maakt hem een waardevolle kracht en een schip met een klabauterman aan boord is dan ook een gezegend schip.

Een onmisbare kracht

Klabauterman is vooral onmisbaar als een schip tijdens een storm in nood is en menig zeeman zou zonder de hulp van klabauterman overboord zijn geslagen. Luie zeelieden zijn echter niet zo blij met hun onzichtbare makker. Als hij hen snapt bij het nietsdoen, dan knijpt hij hen, laat hen struikelen of haalt andere streken uit om hen bij de les te houden.

Behalve het schip netjes houden, zorgt klabauterman ook voor het moreel aan boord. Hij is erg muzikaal en zet vaak een favoriet zeedeuntje in, waarna de rest van de bemanning invalt. Sommige liedjes worden zelfs aan hem toegeschreven.

Voortekenen en spookschepen

Ondanks alle positieve eigenschappen van klabauterman brengt het ongeluk om hem echt te zien, want hij is alleen zichtbaar voor hen die moeten sterven. Daarom zijn sommige zeelui bang voor hem en zien ze hem als een slecht voorteken. Klabauterman speelt dan ook vaak een rol in verhalen over spookschepen, enge vaartuigen bemand met verdronken zeelui die weer uit hun zeemansgraf zijn opgestaan om schepelingen enge dromen te bezorgen.

Klabauterman verdient zulke morbide associaties echter niet. Hij kan per slot van rekening niet iedere zeeman redden die overboord slaat of neergeslagen wordt door een zwiepende ranok. Evenmin als de andere elfen kan klabauterman zich niet bemoeien met het lot van de mens. Volgens positief ingestelde zeelui brengt het geluk om een beeldje te maken van klabauterman in gele kledij met een wollen muts op en een pijp in zijn mond. Zo'n beeldje bewaren ze op een veilige en speciale plaats, of ze binden het stevig vast aan de mast.

Ekkekko

elfenhulpjes

De vriendelijke huiself Ekkekko is de favoriete geest van de Aymara-indianen in het Andesgebergte in Peru. Zijn populariteit heeft zich uitgebreid naar andere delen van Peru en onder de mestiesbevolking van het naburige Bolivia. Hij heeft een eigen feestdag – vroeger op midzomerdag en nu op 24 januari.

Het wereldbeeld van de inheemse Zuid-Amerikaanse bevolking is doordrongen van geesten. De hele schepping wordt geanimeerd door bewuste, spirituele, intelligente wezens, die volgens hen moeten worden erkend en geëerd om in harmonie te leven met de natuurlijke wereld.

Vijanden of bondgenoten

De meeste geesten in het Amazonegebied en de Andes kunnen een menselijke gedaante aannemen, waarbij hun gedrag, hun fysionomie of mismaaktheid opvallen. Veel van die geesten zijn afschuwwekkende, harige monsters of skeletten en zijn de mens vijandig gezind. Sommige nemen de angstaanjagende en agressieve kenmerken van bepaalde wilde dieren over, zoals slangen, adelaars en jaguars. Andere zijn vriendelijk en stellen menselijk gezelschap op prijs. Als men ze op de juiste manier gunstig stemt, kunnen ze bondgenoten worden en de mensen op hun specifieke gebied helpen. Dat kan bijvoorbeeld de jacht zijn of de visserij.

Brenger van voorspoed en vruchtbaarheid

Ekkekko (ook wel gespeld als Ekako, Ekeko of Eq'eq'o) neemt meestal de gedaante aan van een dik, klein mannetje wiens kleding is versierd met gereedschap en kookgerei. Met deze attributen knapt hij allerlei huishoudelijke klusjes op, zoals schoonmaken, graan malen, dingen repareren, kleren wassen en de afwas doen. Hij heeft geen last van plaagbuien of lichtgeraaktheid zoals zijn Europese equivalenten (brownies en hobgoblins). Zolang men hem met respect behandelt en rekening met hem houdt, brengt Ekkekko een gezin geluk en voorspoed. Ook is Ekkekko een vruchtbaarheidsgeest die de vriendschappelijke en amoureuze band tussen echtelieden kan verbeteren en een gezin kan zegenen met gezonde kinderen.

elfenhulpjes

La Befana

La Befana is de geliefde Italiaanse kerstelf die, net zoals de kerstman, de kinderkousen vult met snoep. Ze komt niet op kerstavond, maar op Driekoningenavond, de nacht van 5 januari, de avond voor Driekoningen.

Op Driekoningen vieren we de vreugde die de drie wijzen uit het Oosten voelden toen ze het kindje Jezus zagen. La Befana dankt haar naam aan het Italiaanse 'epifinia' vanwege haar betrokkenheid bij dit verhaal.

De legende van La Befana

De oude weduwe La Befana woonde in een hut buiten Bethlehem toen de drie wijzen bij haar aanklopten en om verfrissingen vroegen. Zij vertelden haar over hun missie om de heldere, nieuwe ster te volgen tot ze de nieuwgeboren koning hadden gevonden en vroegen het oude wijfje of zij hen wilde vergezellen. Ze was echter te moe en had het te druk. Enige tijd na hun vertrek had ze zelf een epifanie, een visioen, van het glorierijke kind. Ze werd vervuld van liefde, graaide een paar cadeaus bij elkaar en haastte zich achter de mannen aan. Ze vond hen niet, noch het kind, maar sindsdien hield ze van alle kinderen en kinderen hielden van haar om haar goedheid. Nog steeds gaat ze van huis tot huis op zoek naar Christus en ze laat dan geschenken achter.

Heidense wortels

Hoewel ze vooral is verbonden met het verhaal van Christus, gaan de wortels van La Befana nog aan het christendom vooraf. Het oude vrouwtje personifieert de winter en in sommige gemeenschappen verbrandt men nog steeds offerbeelden om een vruchtbaar voorjaar zeker te stellen. In deze context lijkt de heksenverbranding een offerelement te hebben. La Befana ziet eruit als een echte heks met een kromme neus en puntkin en vliegt op een bezemsteel met een tas vol cadeautjes om haar nek.

Uitnodigende maaltijd

Traditiegetrouw wordt La Befana onthaald met een maaltijd van worst en broccoli en een glas wijn. Kinderen die haar hun kamer zien binnenkomen roepen "Ecco La Befana!" ("Daar is La Befana!") Ouders gebruiken La Befana om hun kinderen tot goed gedrag te manen en waarschuwen hen dat als ze zich niet gedragen La Befana hen alleen maar kolen geeft (vaak zijn dat zwarte snoepjes.) In de jaren 70 probeerde de Italiaanse regering Driekoningen als feestdag af te schaffen. Nog nooit waren de Italiaanse kinderen zo solidair. Driekoningen werd in ere hersteld en La Befana werd populairder dan ooit.

Spaewieven

Spaewieven zijn een soort vrouwelijke elfen uit IJsland, waar ze ook wel elfenvrouwtjes worden genoemd. Ze zijn nakomelingen van het volk dat de oude opstaande stenen heeft geplaatst en ze wonen op de oude kerkhoven met langgraven en grafheuvels.

In Scandinavië en andere noordelijke landen is een spaewief een ziener, een wijze vrouw die de toekomst kan voorspellen ('spae' betekent 'profetie', 'voorspelling'). Spaewieven zijn zeer gerespecteerde leden van de maatschappij. Deze vrouwelijke vikingsjamanen, ook wel 'volva's' genoemd, treden op als priesteressen en genezers. Het feit dat deze naam in IJsland ook aan een soort elf is gegeven, is een bewijs van hun speciale talenten en de eerbied die hen ten deel valt.

Gewaden en gereedschap

Een elfse spaewief verschijnt meestal als een piepklein vrouwtje, niet groter dan een vinger. Soms draagt ze boerenkleding, maar als ze op de juiste manier wordt opgeroepen en haar een speciale stoel wordt aangeboden, draagt ze mooie gewaden – een blauwe mantel met een met juwelen bezette kraag, een zwarte hoed van lamsleer gevoerd met wit kattenbont, kalfsleren laarzen en kattenleren handschoenen. Soms draagt ze een houten staf met een met juwelen versierde koperen knop en draagt ze een riem waaraan een fijne leren beurs hangt met daarin magische talismannen voor de waarzeggerij.

De bekwaamheid van de spaewieven

Elfse spaewieven kunnen optreden als zieners en geven advies over hoe met problemen om te gaan, hoe men een harmonieuze relatie met alles in stand houdt en hoe men bepaalde situaties mijdt. Ze voorspellen de toekomst door runen of theebladeren te lezen en andere natuurlijke tekenen te interpreteren. Ook zijn ze helers en zijn ze op de hoogte van alle magische en genezende eigenschappen van kruiden.
Menselijke spaewieven leren de intuïtieve eigenschappen van de waarzeggerij ontwikkelen door aandacht te schenken aan voortekenen, persoonlijke gevoelens en voorgevoelens, vooral rond speciale gebeurtenissen, grote bijeenkomsten en heilige feesten zoals midwinter (20-31 december) en Ostara (de lentenachtevening). Door zorgvuldig gebeurtenissen en consequenties te observeren leren ze de buitenste en binnenste tekenen te lezen. Traditiegetrouw is het feest van de Nacht van Waluburg (meifeest) en het Midzomernachtfeest (de zomerzonnewende) de beste tijd om voorspellingen te doen.

elfenhulpjes

Dwergen

Dwergen behoren tot de bekendste en herkenbaarste elfen. Deze aardmannetjes zijn kundige en hardwerkende mijnwerkers, die onder de grond en binnen in de bergen wonen. Ook zijn ze uitstekende metaalbewerkers.

Dwergen zijn kleine, gedrongen en soms wat misvormde wezentjes met een groot hoofd en een lange baard. Ze leven erg lang en zien er daarom vaak oud en verweerd uit. Ze dragen eenvoudige middeleeuwse kleren met een puntmuts. De meeste dwergen blijven ondergronds, maar de witte dwergen verdragen daglicht en in de zomer dartelen zij bovengronds als vlinders en ze keren in de winter terug om in de mijn te werken.

Oude Germaanse overleveringen

Hoewel dwergen overal op aarde in vele vormen voorkomen, stammen de rijkste dwergenverhalen uit de oude Germaanse Teutoonse sagen. Volgens deze legenden kwamen de dwergen uit het lichaam van de gevallen reus Ymir tevoorschijn. De goden hadden ze een onovertroffen kennis van mineralen en edelstenen geschonken en een buitengewoon talent, via magie, om metaal te bewerken. Deze gunst beloonden ze door wapens voor de goden te maken,

zoals de hamer van Thor en de juwelen van de godinnen.
Dwergen zijn de natuurlijke eigenaren van de edelmetalen en -stenen in de aarde. De dwerg Alberich was bewaker van de beroemde schat die door de held Siegfried werd gewonnen.

Vrienden van de mijnwerkers

In de schachten en tunnels die in de bergwanden werden gegraven, liepen menselijke mijnwerkers voor het eerst dwergen tegen het lijf. Sommige soorten dwergen, zoals kobolden en kloppers, waren de mensen goedgezind en leidden hen via het geklop van hun houwelen naar de rijkste ertslagen. Ze waarschuwden de mijnwerkers voor instortingen en explosies. Kobolden werden zo tot de mens aangetrokken dat sommige zelfs bij hen in huis trokken, waar ze nuttige, zij het ondeugende, huisgeesten werden. De kobolden gaven ook hun naam aan het elementaire metaal kobalt. In sommige delen van Europa gelooft men nog steeds in kloppers en veel bijgeloof is aan hen verbonden. In de Engelse tinmijnen in Cornwall gelooft men dat het ongeluk brengt om een kruisteken te maken, zelfs al gebeurt dat per ongeluk door een stuk gereedschap tegen een ander te zetten. Misschien zegt dit meer over de angst van de christelijke mijnwerkers dat de kloppers demonisch waren. Het zou stom zijn om iets te doen wat kloppers boos zou maken, want ze konden wraakzuchtig zijn.

Menehunen

elfenhulpjes

De vulkanische eilanden van Hawaï behoren tot de mooiste op aarde. Het oudste eiland is het tropisch paradijs Kauai. De inheemse bevolking kwam zo'n 1500 jaar geleden op het eiland aan, waar het kleine, magische volk van de menehunen al woonde.

Menehunen hebben een aimabel uiterlijk met puntoren en gaan gekleed in de inheemse dracht. Om de nek dragen ze een kleine hoorn. De meeste menehunen wonen ondergronds in lavabuizen, maar sommige wonen in banyanbomen en weer andere nemen hun intrek in mensenhuizen, wat kan worden afgeleid uit het gemompel en getrippel van voetjes dat 's nachts wordt gehoord.

Vluchtelingen van een andere planeet

De Kauaianen vertellen ons dat alle leden van het kleine volkje afkomstig zijn van een verre planeet die is vernietigd. De bewoners van die planeet vluchtten op vallende sterren en landden op verschillende plaatsen op onze aarde, waar ze verschillende namen kregen. Toen de menehunen op Kauai landden, plantten ze er de prachtige bomen en bloemen en veranderden het eiland van een dorre, vulkanische woestenij in een paradijs. Toen de eerste mensen op het eiland arriveerden waren ze ziek, uitgeput en stervende. De menehunen zorgden voor hen, lieten hun het hele eiland zien en leerden hun veel wonderbaarlijke zaken.

Men zegt dat de menehunen verdwenen na een groot feest dat ter ere van hen werd gehouden. De menehunen zijn weliswaar niet gediend van dergelijk openlijk vertoon van dankbaarheid, maar voor kleinere geschenken zijn ze dankbaar en veel eilanders laten nog steeds voedsel voor hen achter.

Haaienverjagers

Hoewel de menehunen tegenwoordig zelden worden gezien, erkent de bevolking hun aanwezigheid nog steeds. Men houdt ze verantwoordelijk voor onverklaarbare gebeurtenissen, zoals een krakkemikkig bouwwerk dat nog steeds overeind staat. Ze kunnen net als zoveel elfen ondeugend zijn, maar hebben hun reputatie voor behulpzaamheid niet verloren. Men zegt dat ze de eilanden beschermen tegen vloedgolven en haaien. Ze patrouilleren op zeemeeuwen langs de kustlijn op zoek naar haaien. Zodra ze een haai zien, roepen ze om hulp, waarna grote aantallen menehunen in kleine bootjes uitvaren en op de golven slaan om de haaien te verjagen.

Kleimoeder

Kleimoeder, of kleivrouw, is een aardegeest die van grote culturele betekenis is voor de Pueblo-indianen in het zuidwesten van de Verenigde Staten. Klei is het vlees van de aardemoeder zelf en het werken met klei is daarom een heilige bezigheid.

Voor de indianen is de hele natuur bezield met geesten en intelligentie wezens. Zelfs de meest levenloze objecten, zoals stenen, hebben een geest die hen vervult met hun 'medicijn' – een spiritueel begrip dat ons bewustzijn informatie verschaft. Voor de Pueblo-indianen was het de geest van de aardemoeder die de mens aanzette om haar vlees, of klei, ter hand te nemen en er kruiken en beeldjes van te boetseren. Dit geschenk is van grote waarde en even belangrijk als het graan, de bonen en het zout, die worden opgeborgen in kruiken van klei voor praktische en ceremoniële doeleinden. Wanneer de pottenbakkers de klei kneden, werkt de geest van de kleimoeder door hen en uit zich in het model van het aardewerk.

Een beeldje van de kleimoeder maken

Klei uit de winkel is weliswaar goed, maar een natuurlijk product is beter, omdat er dan een dieper contact met de kleimoeder mogelijk is. In veel gebieden kunt u klei vinden onder de bovengrond of langs de rivieroever. Vraag zonodig een geologie-docent waar u moet zoeken. Zeg voordat u met uw vingers begint te graven een gebed voor de kleimoeder, waarin u haar toestemming vraagt iets van haar vlees te nemen om een beeld ter ere van haar te maken. Neem niet meer klei dan u nodig hebt.

Meng de klei met water totdat het los genoeg is om hem te zeven. Op deze manier raakt u het grind kwijt. Laat de klei op een droge plaats staan tot hij wat steviger is en begin dan met uw handen te kneden. Laat de kleimoeder via u werken, zodat zij de kunstenaar is. Laat wanneer u tevreden bent met het resultaat het beeldje een tijdje drogen en strijk dan het oppervlak glad met uw vingers. U kunt het beeldje ook verven met een mengsel van klei en natuurlijk pigment aangelengd met water. Bak het beeldje in de oven en als alles goed is gegaan, hebt u uw eigen belichaming van de kleimoeder om te eren.

elfenhulpjes

Strömkarl

Strömkarl houdt net zoals al zijn medewatergeesten van muziek en liederen. Hij heeft een magisch talent voor het doceren van muziek en als u het op een akkoordje gooit met hem dan leert hij u te spelen als een maestro.

Strömkarl is Zweeds voor 'rivierman'. Deze geest houdt van snelstromend water en woont daarom bij watervallen, keerdammen of watermolens, waar hij prachtige muziek maakt. Watergeesten, zoals pixies, sirenen en meerminnen, betoveren en lokken mannen met hun prachtige melodieën, terwijl het gezang van de Nikker vrouwen fataal kan worden. Strömkarl is gelukkig minder gevaarlijk voor mensen.

De geest van de dans

Strömkarl heeft een snaarinstrument dat lijkt op een viool of fiedel en speelt daarop prachtige, vloeiende en onweerstaanbare melodieën die doen denken aan het geluid van snelstromend water. Zijn melodie heeft elf variaties. Tien speelt hij regelmatig en iedereen mag de vrolijke wijsjes horen en erop dansen. De elfde variatie speelt hij alleen 's nachts. Die melodie is zo aangrijpend en meeslepend dat iedereen die het hoort erdoor wordt gegrepen. Iedereen binnen gehoorsafstand, jong, oud, ziek, kreupel en zelfs zuigelingen, voelen de muziek door het lichaam stromen als een ontembare rivier en de muziek dwingt hen tot een uitzinnige dans. Ook alle losstaande objecten, tot zwaar gereedschap en tafels aan toe, kunnen niet anders dan te dansen als derwisjen.

Het op een akkoordje gooien met Strömkarl

Van sommige musici beweert men dat ze hun ziel aan de duivel hebben verkocht in ruil voor hun talent. Ook Strömkarl kan de mens muzikale virtuositeit schenken. Hij vraagt er weliswaar veel minder voor, maar het zijn wel hele specifieke eisen. Een musicus moet op een donderdagavond naar een naar het noorden stromende waterval gaan. Daar moet hij of zij een zwart lam of een wit geitenbokje aan Strömkarl offeren. Terwijl men het gezicht afwendt, moet men het offerdier met de rechterhand in de waterval smijten. Strömkarl zal het offer grijpen en de hand van de musicus schudden tot het bloed uit de vingertoppen stroomt. Als het hele ritueel juist is verlopen, kan de musicus de bomen laten dansen en de waterval tot stilstand brengen.

Hoofdstuk Drie

Plaaggeesten & verleiders

Elfjes staan bekend om de streken die ze mensen leveren, en geef ze eens ongelijk. In hun scherpe ogen moeten we de meeste tijd wel klunzig en stom overkomen. Omdat zij op ons niveau kunnen functioneren zonder dat wij ze zien of doordat ze steeds van gedaante verwisselen, hebben ze oneindig veel mogelijkheden om ons te plagen en voor de gek te houden. Sommige plaaggeesten zijn niet kwaadaardig en zorgen ervoor dat we onszelf beter leren kennen en opmerkzamer worden. Andere zijn echter jaloers en haatdragend.

Puck
plaaggeesten

De grootste ster aan het elfenfirmament, zeker in de Engelssprekende gebieden, is Puck. Veel van zijn internationale bekendheid heeft hij te danken aan Shakespeare, die hem onsterfelijk maakte in Een midzomernachtdroom. *Maar al eeuwen daarvoor was hij een bekende verschijning in het elfenrijk.*

Puck is een plaaggeest, een vrolijke klier – ondeugend, soms zelfs gemeen, maar nooit kwaadaardig. Oorspronkelijk verscheen hij als Bucca, een natuurgeest die controle had over het weer. Bucca is Oudengels voor 'bok' en Puck wordt dan ook vaak gezien met geitenpoten en hoorns, als een faun. Van Bucca zijn verschillende geestennamen afgeleid, zoals 'buckie', 'pookie', 'bogie', 'bug-a-boo' en 'bogeyman'. Puck is echter niet een soort geest maar een individu. Hij kan van gedaante veranderen, waardoor hij gemakkelijk allerlei streken kan uithalen.

Ondeugden

Puck richt zijn ondeugden nooit lukraak op alles en iedereen. Hij vermaakt zichzelf graag ten koste van onhandige, onkundige mensen, maar vaak opent zijn gesar ons de ogen voor onze eigen domheid. Zo kan hij een nuttige bondgenoot en gids zijn, vooral als we leren om onszelf te lachen. Maar mensen die zondigen tegen de natuurlijke wetten zijn nog niet jarig en vormen een doelwit voor Pucks wraakacties. Eigenlijk is hij een spirituele burgerwacht die mensen bestraft die morele misdaden begaan die het menselijk wetboek niet bestraft.

Robin Goodfellow

Ondanks zijn gesar gaat Puck erg graag met mensen om – zijn alter ego en huiselijke equivalent is Robin Goodfellow, de huiself. Robin mag de mensen graag en is erg nieuwsgierig. Daarom verblijft hij graag bij ons en houdt ons vaak een spiegel voor.

Vrienden worden met Puck

Puck laat overal in de natuur zijn handtekening achter, van het vriendelijke roodborstje tot de roodborstlijster. Kneus de bladeren van deze heester met de vingers en wrijf wat vocht achter de oren om Pucks aandacht te trekken; misschien vertelt hij u wel hoe alles werkelijk werkt in de natuurlijke wereld. Probeer ook minder gewichtig te doen en ontwikkel uw gevoel voor humor.

Leprechauns

plaaggeesten

Leprechauns zijn de beruchte plaaggeesten uit de Ierse folklore. Ze zien eruit als een kruising tussen een dwerg en een elf: kleine, oude mannetjes met een scherp gezicht en een lange, grijze baard. Ze plagen de mensen graag, vooral als die een lesje moeten leren.

Het traditionele kostuum van de leprechaun is een rood jasje met zilveren knopen, een bruine kniebroek, schoenen met gespen en een rode pet. In moderne films en in de literatuur zien we ze tegenwoordig echter ook vaak in het groen.

Schoenlappers en schatbewaarders

Leprechauns zijn schoenlappers en daarom zijn ze erg trots op hun eigen schoenen: zwarte, goed gepoetste exemplaren met glanzende, zilveren gespen. Ze zijn eenzelvig en zitten meestal alleen onder een vingerhoedskruid terwijl ze een schoen aan het maken zijn. Ze wonen in holen onder de grond, hetzij in een grot of tussen de wortels van een oeroude boom.

Volgens de legende zijn ze schatbewaarders, hoewel ze er zelf weinig mee kunnen doen. Ze weten echter hoe begerig wij zijn als het om goud, zilver en edelstenen gaat en dat geeft hen de kans om met hun favoriete tijdverdrijf bezig te zijn – ons plagen. Veel verhalen rond leprechauns gaan over argeloze mensen die bij de neus worden genomen door ze wijs te maken dat ze een grote schat vinden.

De schat van een leprechaun vinden

Men zegt dat als u het geklop van de hamer van de leprechaun hoort en onhoorbaar naderbij kunt sluipen, hij zolang u hem kunt zien uw vragen eerlijk moet beantwoorden en u naar de schat moet leiden, mocht u dat willen. Als u ook maar een tel de ogen afwendt, dan verdwijnt hij en laat u verdwaasd achter – zelfs al lukt het u om de schat te vinden. De enige manier om de schat te vinden zonder te verdwalen is door zijn schoenen te bewonderen. Hierdoor is hij minder op zijn hoede zodat u hem kunt grijpen. U kunt hem dan dwingen u naar de schat te leiden, waarbij u zorgvuldig de route markeert. Dit plan is echter niet aan te raden. Zelfs al slaagt u erin, dan nog zal de wraakzuchtige kleine boef rustig afwachten tot hij de kans krijgt revanche te nemen.

Gremlins

plaaggeesten

Gremlins zijn ondeugende creaturen die storing veroorzaken in elektrische apparaten en elektronische systemen. Ze werden voor het eerst in de jaren 20 gezien door leden van de Britse luchtmacht; tijdens de Tweede Wereldoorlog waren ze berucht om hun meedogenloze sabotage van vliegtuigen.

In de jaren 20 zochten de mecaniciens en bemanning op een Britse vliegbasis aan de noordwestgrens in India wanhopig naar een verklaring voor een serie verbijsterende mechanische ongelukken. De sprookjes van Grimm, het enige boek dat aanwezig was in de officiersmess, in combinatie met bier waren de inspiratiebron voor de naam van de boosdoener.

Mediasterren

Tijdens de Tweede Wereldoorlog beweerden piloten dat ze gremlins hadden gezien die op de vliegtuigvleugels meevlogen en gaten boorden in de romp. Ze trokken de bedrading los uit de motoren en verschenen plotseling op de voorruit om de piloten schrik aan te jagen. Er verschenen ook ondersoorten, zoals spandules, die de vleugels lieten bevriezen en de propellers platsloegen. Verschillende kranten, waaronder *New York Times Magazine* en *London Observer*, weidden er artikelen aan. Kinderboekenschrijver Roald Dahl begon met een strip, waarin hij de gremlins afschilderde als kleine bruine duiveltjes met rode tomaatneuzen. Hij schreef zijn eerste boek, *De gremlins*, in 1943 in samenwerking met Walt Disney, maar de geplande tekenfilm werd nooit gemaakt omdat men uiteindelijk vond dat het niet zo kies was om de gremlins af te schilderen als schattige wezentjes terwijl duizenden vliegeniers doodsangsten voor hen uitstonden.

De gremlins zijn geland

Na de oorlog landden de gremlins op aarde, zonder twijfel gefascineerd door de snelle groei van nieuwe technologieën ter zee en ter land. Nu kunnen ze evengoed een computer laten crashen als een vliegtuig. Maar bestaan ze nou echt of zijn ze gewoon een handig excuus voor slecht vakmanschap? Nou, misschien zijn gremlins wel een bijzonder nieuwsgierig en intelligent soort sylf, die zich aan de ene kant ergeren aan de lawaaiige buren die door hun lucht vliegen, maar aan de andere kant ook door hen gefascineerd zijn.

Gremlins hebben ook een Puck-achtige eigenschap, want vliegeniers vertelden dat gremlins vaak onzorgvuldige en slordige mensen plaagden. Soms zouden gremlins zelfs levens hebben gered. Mensen die hun auto een naam geven, hebben beduidend minder technische problemen dan zij die dat niet doen. Misschien denkt de inwonende gremlin wel dat híj wordt geëerd en is hij daarom de bezitter welwillend gestemd.

plaaggeesten

Goblins

Van alle elfenstammen in de Europese overlevering zijn de goblins wel het bekendst. Dat betekent echter niet dat ze ook het populairst zijn, want ze zijn lelijk, hebben geen smaak en gedragen zich abominabel, om over hun slechte adem nog maar te zwijgen.

Oorspronkelijk waren goblins aarde-elementen, net als gnomen. Ze woonden in de aarde en vele doen dat nog steeds; daarom hebben ze ook een hekel aan licht en opereren ze alleen 's nachts. Toen de mensen metaal en mineralen begonnen te delven, deden de goblins hun best om dergelijke activiteiten te dwarsbomen en terwijl wij hun huizen kapotmaakten, volgden zij ons naar de onze en namen wraak wanneer ze maar konden.

Slechte invloed op kinderen

Omdat ze klein, oerlelijk, gemeen, boosaardig en over het algemeen lastpakken zijn, hebben goblins maar weinig eigenschappen in hun voordeel. Men zegt soms dat ze van kinderen houden en hun zelfs cadeautjes geven als ze zich goed gedragen, maar dat is slechts een typisch voorbeeld van ouders die de feiten verdraaien om kinderen aan te moedigen zich te gedragen. Het is een feit dat goblins zoete kinderen met rust laten, maar ze hebben een bijzonder slechte invloed op stoute kinderen en moedigen hen aan zich te misdragen. Hoewel kinderen kunnen genieten van hun ondeugende gevoel voor humor, zijn goblins geen trouwe bondgenoten, want ze laten niet alleen hun menselijke speelmakkertjes de schuld krijgen voor hun misdaden, maar zorgen er ook nog eens voor dat volwassenen zo boos worden dat ze strenge straffen uitdelen. Goblins vinden het heerlijk als volwassenen in woede uitbarsten. Niets is zo leuk voor hen als onhandige mensen te zien struikelen over iets wat zij daar hebben neergelegd.

Een goblin wegwerken

Als u de pech hebt een goblin in huis te hebben, kunt u daar weinig aan doen. Maar als u zich niet door hem op stang laat jagen en de hele tijd zachtaardig blijft, gaat hij zich misschien op den duur vervelen zodat hij op zoek gaat naar vertier elders. Een traditionele manier om van een goblin af te komen is door lijnzaad over de vloer te strooien. Het schijnt dat de goblin zich verplicht voelt het op te rapen. Als er zoveel ligt dat hij de klus pas met de dageraad heeft geklaard, dan heeft hij geen tijd om streken uit te halen en zal hij snel ergens anders heen gaan.

plaaggeesten

De bogeyman

"Doe nou maar wat ik zeg, anders komt de bogeyman en die neemt je mee!" Dit is eeuwenlang gezegd om kinderen bang te maken en ze zo tot goed gedrag te manen. Maar bestaat dit spookachtige wezen ook echt?

De bogeyman is een bekende, zij het vage, engerd, een monster met verschillende kenmerken die zich schuilhoudt. Alle culturen hebben een eigen variant op de bogeyman.

Zielenvreter

Het woord 'bogeyman' is afgeleid van dezelfde wortel als 'bug', 'bogie', 'bogle', 'boggart', 'bug-a-boo', 'bug-bear' en 'bogan', allemaal angst-aanjagende geesten uit de Britse folklore. Zo zijn bogles gemene, wraakzuchtige geesten die de mensen alleen kwaaddoen als ze dat hebben verdiend. Dat is een bekend verschijnsel. Veel plaaggeesten bewaren hun streken of boosaardigheden voor mensen die een lesje nodig hebben. De bogeyman is echter wat minder kritisch. De bogeyman is amorf: hij heeft vorm noch persoonlijkheid. Hij vaart zonder intelligentie of motief. Hij is een leegte, een afgrond van niet zijn. Men kan hem zien als een lichte plek, een vage schaduw, maar in werkelijkheid is hij niets. Hij is niet kwaadaardig in de zin van dat hij mensen kwaad wil doen of ze misbruiken. In feite is hij niet slechter dan een bodemloze put, maar hij is even gevaarlijk als men er te dicht bijkomt. Hij is een symbool voor de door schuldgevoel opgeroepen dood. Voor de oorspronkelijke bewoners van Midden- en Zuid-Amerika is hij de jaguar, de zielenvreter.

Angst voor vernietiging

Achter de bogeyman gaat de waarschuwing schuil dat wandaden ons de ziel kunnen kosten. Van alle aardse wezens kent alleen de mens het verschil tussen goed en kwaad. We hebben de mogelijkheid grote daden te verrichten, maar als we het leven schaden, verspelen we mogelijk ons eigen leven. Wat de bogeyman zo angstwekkend maakt, is de angst die we op het idee van vernietiging projecteren. Dat kan een sterke aansporing zijn om geen kwaad te doen, maar we moeten niet zozeer het breken van conventionele, sociale wetten vrezen, als wel die van de natuurlijke wet. De bogeyman verliest zijn macht zodra wij ons realiseren dat liefde en consideratie beter werken dan angst om een geweten te ontwikkelen. Wanneer we aan de kant van het leven staan, hoeven we niet bang te zijn voor de dood.

Pixies

plaaggeesten

De pixies behoren tot de meest geliefde elfen. Men zegt vaak dat ze huiselfen zijn, maar hoewel ze soms in de zomer wel eens op een boerderij werken of een poosje in een huis verblijven om dat ook eens te ondervinden, horen deze elfen eigenlijk thuis op de heide.

Pixies hebben wel wat van de Disney-figuur Peter Pan met hun elfse gezichtjes, zij het wat ronder, puntoren en wipneusjes. Ze dragen altijd groene kleren en dragen een puntmuts – tenminste als ze in menselijke gedaante verschijnen, want ze kunnen vele vormen aannemen.

Levenslust

Pixies behoorden tot de wezens die niet goed genoeg waren om in de hemel te blijven en niet slecht genoeg waren om naar de hel te gaan en daarom zijn ze gedoemd om eeuwig de aarde te bewandelen. Waarschijnlijk is dít eerder de waarheid, dan latere, christelijke verhalen waarin werd verteld dat ze de zielen van ongedoopte baby's waren. Hoe dan ook, pixies bezitten een grote levenslust en een kinderlijke aard. Ze zijn slim en sluw met een behoorlijke dosis zelfkennis.

Een illusionaire wereld

Pixies zijn 's nachts actief en in het donker hebt u dan ook de meeste kans om misleid te worden door een pixie. Dat vinden ze erg leuk en er bestaan veel verhalen over eenzame reizigers op de heide die in een moeras zijn geleid of ontdekten dat ze voortdurend in rondjes liepen. Pixies houden ook erg van paardenrennen. Ze rijden op wilde pony's of stelen een paard van een boerderij en houden dan wilde paardenraces rond de elfenkringen, cirkels van paddestoelen.

Op de heide in de herfst hebt u de meeste kans om pixies te zien, want daar dartelen ze zelfs overdag rond. Als ze worden ontdekt, veranderen ze zichzelf meestal in een paddestoel met net zo'n hoedje als dat ze zelf hebben. Roekeloze mensen die deze pixie-paddestoelen eten, krijgen visioenen waarbij ze slap van het lachen over de grond rollen. Als de paddestoeleneters zichzelf weer onder controle hebben, nemen de pixies hen misschien mee op avontuur en laten ze hun een aantal geheime plaatsen zien.

verleiders

De sneeuw-koningin

De sneeuwkoningin is de aartsverleidster uit de elfenwereld, die haar ijzige schoonheid inzet om de zielen van jongemannen te stelen. Traditiegetrouw woont ze in een ijspaleis in een ingesneeuwd rijk waar het eeuwig winter is en dat wordt bevolkt door andere koudbloedige wezens die de haat tegen de mensheid, het licht en de warmte met haar delen.

De sneeuwkoningin is een archetypisch voorbeeld van een geest die in opstand komt tegen het licht, een gevallen engel die weigert God of mens te dienen. Ze is eigenlijk een geslachtsloze, vampierachtige geest die zichzelf vermomt als een onwaarschijnlijk mooie vrouw om haar slachtoffers te verleiden. Als ze eenmaal zijn betoverd, geraken ze in een verslapte en verzwakte toestand waaruit ze zich niet kunnen losrukken tot, als ze geluk hebben, de betovering wordt verbroken, meestal door de onbaatzuchtige liefde van een echte vrouw.

Zielenjatter

De sneeuwkoningin is weliswaar onsterfelijk, maar ze begeert één ding dat haar nog meer macht geeft, iets wat de mens heeft maar een geest niet – een ziel. Ze rooft niet alleen op de mensheid om te overleven maar ook uit afgunstige haat. Ze raakt nog verbitterder doordat zij de zielen wel kan vangen en de energie eruit kan drinken, maar zij ze zich nooit echt kan toe-eigenen – ze blijft zelf zielloos. Een andere manier waarop ze energie steelt is door stiekem als het perfecte, onbereikbare ideaalbeeld van de vrouw binnen te dringen in de geest van een man, waardoor hij niet verliefd kan worden op iemand anders.

Verweer tegen de sneeuwkoningin

Er zijn twee kruiden die u hierbij kunnen helpen. De eerste is bijvoet: draag het bij u als een amulet. De andere is sint-janskruid, waarvan de zonne-energie de harten kan doen smelten die door de ijzige greep van de sneeuwkoningin zijn bevroren. Beide kruiden zijn heilig voor Sint Johannes, beschermer tegen duistere krachten. Zijn naamdag wordt gevierd op 24 juni, midzomer op het noordelijk halfrond wanneer de zon de hoogste stand heeft.

Nikker verleiders

Nikker is een gevaarlijke waterelf uit oude Noorse verhalen en hij is onder verschillende namen ook in de andere noordelijkste Europese landen bekend. Hij verschijnt in verschillende gedaanten, van een knappe jongeman tot een centaur of wit paard met omgekeerde hoeven.

U kunt Nikker zien staan aan de rand van een rivier, stroom, meer of zee terwijl hij prachtige, betoverende liederen zingt of speelt. Hij is dus een soort mannelijke sirene, hoewel zijn muziek niet noodzakelijk is bedoeld om mensen naar hun ondergang te leiden. Als hij met rust wordt gelaten, schijnt hij onschadelijk te zijn, maar wordt hij benaderd dan ligt rampspoed op de loer. Nikker voelt zich aangetrokken tot mensenvrouwen en zij vallen gemakkelijk voor zijn charmes. Hij schijnt een geweldige, gepassioneerde en zorgzame minnaar te zijn, maar kan moorddadig worden als hij wordt beledigd.

Angst voor water

Als Nikker als paard wordt bestegen, duikt hij het water in en laat zijn berijder verdrinken. Daardoor lijkt hij wel wat op de Schotse 'kelpie', een afschrikwekkende waterduivel. Nikker en de kelpie zijn samengestelde creaturen – in wezen een machtige watergeest waarop archetypische, psychologische angsten zijn geprojecteerd. In het verleden was men bang voor water, niet alleen omdat de meeste mensen niet konden zwemmen, maar ook omdat men dacht dat monsters en demonen zich in diep water verscholen. Water symboliseert het onderbewustzijn, de primitieve staat, en onderdompeling vertegenwoordigt verlies van identiteit en dood. Water is ook het symbool van het elfenrijk zelf, met al zijn aantrekkelijke en gevaarlijke kenmerken.

Witte paarden

Een opmerkelijk aspect dat de kelpie- en de Nikkerverhalen delen is hun identificatie met paarden, witte paarden in Nikkers geval. Paarden zijn krachtige symbolen voor intense verlangens en instincten, seksualiteit, magie, water en dood. Als men vroeger over een paard droomde, dan dacht men dat dat een voorteken was van de dood – witte paarden zijn rollende golven met schuimkoppen; een hengst is sterke, onweerstaanbare seksualiteit. Daarom is Nikker een signaalfiguur – als we ons overgeven aan verlangen en wilde begeerte maken we ons kwetsbaar voor sterke krachten die ons mee de diepte in kunnen sleuren, waar we ons helemaal kunnen verliezen en waaruit we nooit meer terugkeren.

Sirenen
verleiders

Sirenen zijn kwaadaardige waternimfen die soms als een vrouw met vogellichaam verschijnen en soms als vrouw. Ze zitten op een rots en zingen en spelen prachtige, zachte muziek om zo voorbijvarende schepen aan te trekken. Schepen die te dichtbij komen, lopen vast op de rotsen waarna de sirenen de ongelukkige bemanning verslinden.

Sirenen leven in de Middellandse Zee en we kunnen veel over ze lezen in de Griekse mythologie. Ze zouden de dochters van de zeegod Phorcys zijn of van Melpomene, de muze van de tragedie, en de riviergod Achelous. Alle sirenen hebben een prachtige stem en sommige kunnen ook een instrument bespelen, zoals een fluit of een lier.

Gedwarsboomd door helden

Op weg van Troje naar huis naderde het schip van Odysseus een eiland dat werd bewoond door sirenen. Odysseus wilde per se hun muziek horen, maar omdat hij op de hoogte was van hun moorddadige reputatie, nam hij enige maatregelen die de tovenares Circe hem had aangeraden. Hij liet zich door zijn bemanning vastbinden aan de mast en gaf bevel dat hoe hij ook smeekte hij niet mocht worden losgemaakt. Vervolgens gaf hij hun opdracht bijenwas in de oren te stoppen zodat ze de sirenen niet konden horen.

Toen het schip het eiland passeerde, raakte Odysseus bevangen door hun muziek. Gek van verlangen om dichterbij hen te komen, raasde en tierde hij tegen zijn mannen om hem los te maken, maar ze konden hem niet horen en roeiden door tot de sirenen veilig buiten gehoorsafstand waren.

Ook Jason en de Argonauten zeilden langs het sireneneiland. Een van de Argonauten was Orfeus, die zo mooi zong dat zijn metgezellen immuun waren voor het gezang van de sirenen en de Argo veilig verder kon varen. De sirenen werden daarop zo woedend, dat ze zichzelf in de zee wierpen en verdronken.

De legende van Lorelei

Ook de legende van Lorelei, een waternimf die op een rots in de Rijn in Duitsland zat, is gebaseerd op het bestaan van sirenen. In een roman uit 1800 kunnen we lezen hoe Lorelei met haar prachtige gezang de scheepsbemanning de dood injoeg. Tegenwoordig is haar rots een toeristische attractie. Of ze nou echt bestaan of niet, de sirenen staan symbool voor verleiding en verlangen en de verhalen waarschuwen ons dat niet alles goud is wat er blinkt en dat wat lief en echt klinkt, een kwaadaardig motief kan verbergen.

Morgan le Fay

Morgan le Fay, of Morgana, is een van de hoofdfiguren uit de Arthur-legende. Meestal wordt ze afgeschilderd met zwart haar en een bleke huid met een raaf als beschermgeest.

Morgan la Fay komt in vele gedaanten voor: boosaardige tovenares, beeldschone verleidster, wijze heler, koningin, priesteres, moeder, echtgenote, oud wijfje. De oorsprong van haar naam weerspiegelt de diversiteit van haar kenmerken – hij betekent meermin ('morgen' in Bretagne), moorddadige sirene ('fata morgana' in Italië), fee, gedaanteverwisselende oorlogsgodin ('Morrigan') en zelfs de Keltische moedergodin ('Modron') zelf.

De Arthur-legende

In de middeleeuwse Arthur-romances is Morgan le Fay Arthurs halfzuster en zijn belangrijkste tegenstander, een prachtige, konkelende tovenares die haar sluwheid aanwendt om Merlijn de tovenaar in te sluiten, de orde van de Ronde Tafel te ondermijnen en Arthurs koninkrijk tot ondergang te brengen. Uit een incestueuze relatie baart ze hem zelfs een zoon, de valse Mordred die Arthur uiteindelijk doodt in een gevecht. Maar ze is ook een van de priesteressen die Arthurs lichaam naar het elfeneiland Avalon brengen, waar ze beiden verlossing vinden. Morgan le Fay is het ultieme archetype van de vrouw. Daarom strijdt ze ook met Arthur, die op zijn beurt de ultieme archetypische man is. Door de vrouw verwerft de man wijsheid. Morgan initieert de taken en beproevingen die Arthur en zijn ridders moeten overwinnen op hun zoektocht naar koningschap en ridderlijkheid.

De heilige graal

De zoektocht naar wijsheid vindt zijn hoogtepunt in de zoektocht naar de heilige graal. Morgan sluit Merlijn op in kristal, zodat de ridders van de Ronde Tafel geen beroep kunnen doen op zijn magie. De graal moet alleen worden gevonden door moed en ridderlijkheid. De graal zelf bestaat in een rijk tussen onze stoffelijke wereld en de vrouwelijke elfenwereld.

Morgan confronteert Arthur omdat zij in de twee-eenheid man-vrouw zijn tegenstander is. Het leven is in feite een liefdesverhaal dat als doel de verzoening van tegenstanders heeft. Morgan le Fay is daarom de ideale gids naar het elfenrijk.

Lamia

Lamia is een angstaanjagend gedrocht, een vampier die de gedaante aan kan nemen van een mooie vrouw. Vaker echter verschijnt ze als een vrouw met een slangenlichaam en een heel vroeg portret laat haar zien als een vierpotig monster met klauwen aan de voorpoten en hoeven aan de achterpoten.

Lamia's verhaal is tragisch. In de Griekse mythologie wordt verteld dat zij eens een beeldschoon meisje was, geliefde van de god Zeus, die veel kinderen bij haar verwekte. Hera, de jaloerse echtgenote van Zeus, zorgde er echter voor dat al deze kinderen stierven en ze veranderde Lamia in een afschuwelijk monster zodat Zeus haar zou afwijzen. De bedroefde Lamia verborg zich in een grot, maar door haar enorme verdriet werd ze een wraakzuchtige geest die jonge kinderen roofde en dat waarvan ze hield vernietigde. De mensen waarschuwden hun kinderen dat ze niet moesten huilen, want dat anders Lamia hen zou komen halen. Haar verwonde moederinstincten trekken haar naar huilende kinderen toe, die ze vervolgens doodt – daarmee de moord op haar eigen kinderen herhalend.

Vampier

Lamia symboliseert een sterke angst en in elke cultuur kunnen we soortgelijke figuren vinden. Zij stond model voor de vampiers uit recentere legenden.

Haar naam is afgeleid van 'lamios', Grieks voor 'keel', het favoriete lichaamsdeel van de vampier.

Demonische minnares

Lamia is echter meer dan alleen angst. Zij is een metafoor voor liefde die verandert in haat, de omkering van moederliefde. Ze richt haar wraak ook op het mannelijke geslacht, dat haar immers heeft afgewezen. Ze wordt een succubus, een demonische minnares die mannen 's nachts bezoekt en het leven uit hen zuigt. Ze blijft echter wanhopig zoeken naar liefde en de geborgen huwelijkse staat die haar is ontzegd. Een leraar in het oude Griekenland, Filostratus, is de verteller van een beroemd verhaal over Lamia. Lamia maakte dat een jonge filosoof verliefd op haar werd en beloofde hem jarenlang huwelijksgeluk. De grote wijze Apollonius kwam op de bruiloft en ontdekte wie zij was. Nadat hij haar had ontmaskerd, verdween zij onmiddellijk en met haar haar huis en al haar bezittingen.

Lamia's kracht verdwijnt alleen door een diep gevoel van medelijden en een groot geloof in de troostende, verlossende kracht van een zorgzaam universum.

Zeemeerminnen

verleiders

Zeemeerminnen behoren tot de meest tijdloze en universele wezens van de magische wereld. Het zijn vrouwen met een vissenstaart en ze lokken met hun prachtige stem scheepslieden de diepte in.

Tegenwoordig worden zeemeerminnen gezien als charmante, lieve schepsels. Maar voor Hans Christiaan Andersens hartverscheurende sprookje *De kleine zeemeermin*, over zelfopoffering in de liefde, hadden deze zeewezens een meer sinister imago.

Verleidster uit de diepte

Net zoals de sirenen uit de Griekse mythologie zagen de mensen zeemeerminnen vroeger als gevaarlijke, onbetrouwbare verleidsters, wier doel het was mannen naar een zeemansgraf te lokken. Dit is een klassiek voorbeeld van mannelijke projectie, waarbij angst voor de archetypische vrouwelijkheid een rol speelt. De metaforen zijn duidelijk: diep water/vrouwelijke seksualiteit, verdrinken/identiteitsverlies. De grootste nadruk ligt op de sterke aantrekkingskracht die een man moet weerstaan, wil hij niet ten ondergaan. Vaak dragen zeemeerminnen een kam en spiegel, wat oppervlakkigheid en berekenende ijdelheid suggereert.

Genezing en verzoening

We kunnen in de legenden echter een aantal aanwijzingen vinden dat duidt op een diepere betekenis. Soms onthullen zeemeerminnen vrijwillig kennis over geneeskrachtige kruiden en kunnen zo een leven redden, meestal dat van een echtgenote met tbc. De longziekte tuberculose staat voor een langzame verdrinkingsdood. De vrouwelijke kant van het menselijk karakter dat betrekking heeft op de zeemeermin moet ijdelheid vervangen met medelijden, moet mensen redden in plaats van verdrinken. Het mannelijk deel dat bang is voor de zeemeermin moet dat vrouwelijk archetype dat ons kan leiden naar de diepte omarmen, omdat zij ons kan redden van de verdrinkingsdood. Op een bepaalde manier verbindt de zeemeermin ons met een oud deel van onszelf dat evolueerde in de diepe oceaan, een deel dat we zijn vergeten, een deel dat we moeten omarmen.

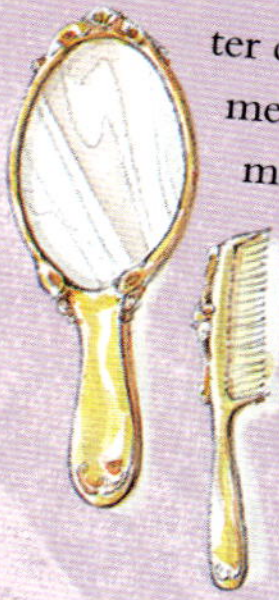

Hoofdstuk Vier

Engelachtige feeën

Veel leden van het elfenvolk behoorden tot de gevallen engelen die uit de hemel werden verbannen. Sommige werden boosaardige, kleine demonen, maar andere bleven het goddelijk licht zoeken en hebben hun engelachtige aard altijd behouden. Die geesten zijn de mens welgezind en geloven dat wij een speciale rol hebben in de schepping. Sommige zijn nog steeds speels geraffineerd, maar ze zijn allemaal potentiële bondgenoten die op het pad van licht als gids en beschermer willen optreden.

De blauwe fee

De meeste van ons kennen de blauwe fee als de engelachtige beschermgeest in het verhaal over Pinokkio, de houten pop die een echte jongen werd. Hoewel ze in veel gedaanten verschijnt, is ze altijd blauw.

In de annalen van de elfse folklore staan slechts weinig verwijzingen naar de blauwe fee. Ze is echter een personificatie van de moedergodin. In katholieke culturen komt ze voor als de maagd Maria, in het jodendom als de Shekinah en in Mexico als de Vrouwe van Guadaloupe. Voor de mensen in de oudheid was ze de godin Isis. Alle verschijningen van deze grote vrouwelijke geesten komen voort uit dezelfde bron. Meestal worden ze geassocieerd met wonderbaarlijke genezingen en vaak komt de kleur blauw erin voor. De maagd Maria, Isis en de Vrouwe van Guadaloupe dragen alledrie een blauwe mantel. Blauw staat voor zuiverheid, bewustzijn en genade.

Medelijden

De blauwe fee is in al haar verschijningsvormen een barmhartige beschermgeest die voor ons in de bres springt wanneer er onheil en gevaar dreigt. Evenals in het verhaal over Pinokkio kan zij onze dromen uit laten komen als we absoluut eerlijk zijn. Dat vereist een goed ontwikkeld geweten en grote eerlijkheid. Haar vermogen tot mededogen is zo groot dat ongeacht onze gebreken zij altijd troost en steun biedt als wij berouw tonen.

Vuurvliegjes en vogeltjes

De blauwe fee wordt vaak afgeschilderd als een stralende, engelachtige verschijning. Maar zij maakt haar aanwezigheid niet altijd op zo'n dramatische manier kenbaar. Als iemand in spirituele nood verkeert, hoeft ze alleen maar te verschijnen als een blauw vuurvliegje of blauw vogeltje om alle ontsteltenis, angst en wanhoop te verjagen. Zulke vriendelijke en onopvallende geesten komen vrij veel voor.

honderd Béfind engelachtige feeën

Béfind is een speciale fee uit het Keltische volksgeloof. Ze is een van drie feeën (de namen van de andere twee zijn geheim) die bij de geboorte van alle kinderen zijn om de baby talenten te geven en het lot van het kind te voorspellen.

Als we het over iemands talenten hebben, spreken we ook wel van 'gaven', omdat ze aan ons zijn gegeven door goden of feeën. In Keltische landen zette men in de kamer waar de geboorte plaatsvond gewoonlijk een gedekte tafel met lekkernijen neer voor de feeën als dank voor de gaven. Feeën als Béfind zijn bij ons het bekendst door het sprookje van Doornroosje, waarin de goede feeën de geboorte van de prinses bijwonen en haar zegenen en proberen haar te beschermen tegen de noodlottige voorspelling van de boze fee.

Geboortefeeën

Het Keltische verhaal van de drie geboortefeeën is niet uniek. De Grieken noemden de drie geboortegeesten de 'Moirae' en voor de Romeinen waren ze de schikgodinnen. De Albanese Fatit ontlenen hun naam aan de Italiaanse Fates. Deze schikgodinnen, die worden gedragen door vlinders, komen kort na de geboorte van de baby op bezoek.

Zigeunergeboortegeesten

In Servië vereert men de geboortegeest Oosood. Zij behoort tot de veela, een stam van prachtige, nimfachtige feeën, die vele van ons kennen uit het vierde deel van de Harry Potter-serie. In de zevende nacht na de geboorte bezoekt Oosood een kind om zijn toekomst te voorspellen. Alleen de moeder van de baby kan haar zien. De West-Europese zigeuners noemen hun drie schikgodinnen de Urme. De Urme verschijnen in de derde nacht na de geboorte en zijn alleen zichtbaar voor de moeder en de vroedvrouw.

De Nornir

In de Scandinavische landen heten de schikgodinnen Nornir. Deze drie zusters wonen aan de voet van de Yggdrasil, de heilige es die de spil van de wereld is. Net zoals alle schikgodinnen vertegenwoordigen zij de drie kenmerken van de tijd. Udur vertegenwoordigt het verleden, Verdandi het nu en Skuld de toekomst. Ook verschijnen ze bij de geboorte van kinderen om hun lot te bepalen. Ze dragen lange grijze sluiers over het gezicht en golvende grijze gewaden.

Peri's

engelachtige feeën

Peri's behoren tot de lieflijkste en betoverendste leden van het elfenvolk. Ze zijn net zoals de bloemenelfjes perfecte miniatuurtjes van onszelf, kinderlijk en sierlijk met doorzichtige vleugels. Ze leven van parfum en nectar en zijn de mens goedgezind.

Aanvankelijk waren de mensen bang voor peri's, omdat ze dachten dat ze boosaardige demonen waren die hongersnood, overstromingen en andere natuurrampen veroorzaakten. Volgens de oude Perzen waren de peri's de nakomelingen van engelen die uit het paradijs waren verdreven vanwege hun ijdelheid, trots en opstandigheid.

Kinderen van gevallen engelen

In het islamitische volksgeloof zijn de peri's engelen van een lagere orde, die het te druk hadden met zichzelf om deel te nemen aan de grote hemelse oorlog. Omdat ze de engelen van het licht niet bijstonden in de strijd tegen het kwaad, werden ze verbannen uit het paradijs. Later hadden ze weliswaar spijt van hun zelfzuchtige gedrag, maar hun smeekbedes onder leiding van Eblis kwamen te laat om ze weer tot het paradijs toe te laten. Nu zaten ze vast tussen hemel en hel en waren diep bedroefd om hun verbanning. Toch overleefden de peri's dankzij hun enorme levenslust en omdat ze zich tevredenstelden met het genieten van de natuur. Tegenwoordig assisteren ze blijmoedig de deva's.

Geterroriseerd door demonen

Het leven van een peri ging niet altijd over rozen. De deevs, een lagere klasse kwaadaardige demonen, vonden namelijk niets leuker dan het leven van de peri's zuur te maken. Deevs zagen de peri's als slappelingen met te weinig gevoel van eigenwaarde om aan de opstand mee te doen. Ze sloten de peri's op in een ijzeren kooi hoog in de boom. Andere peri's moesten de gevangenen dan nectar brengen met alle risico's van dien zodat ze niet weg zouden kwijnen. Peri's hebben namelijk niet het eeuwige leven.

Verlossing

De aartsengel Gabriël gaf de profeet Mohammed opdracht om het woord van de islam te verkondigen aan de peri's en hen te bekeren. Vanaf toen waren de peri's de mensen zeer goedgezind en vertrouwden ze erop dat onze verlossing het hele universum zou bevrijden en de poorten van het paradijs voor hen weer zouden worden geopend.

Angirasa

engelachtige feeën

De angirasa zijn een clan van zeven onsterfelij wezens die worden geëerd in de Veda's, de oudste hindoeïstische heilige teksten. Deze geesten danken hun naam aan hun stamvader Angiras, een van de wijste figuren in het universum.

Het waren de angirasa die de vuurgod Agni ontdekten in het droge hout en het heilig vuur, dat ontstond door twee stukjes hout tegen elkaar te wrijven. Ze gaven dit grote geschenk aan de mensheid en vanaf dat moment hadden zij de leiding over de rituele vuurceremoniën. De Hindoes cremeren hun doden op een open vuur en de angirasa voeden de zuiverende vlammen met hun vurige energie, zodat de ziel van de dode naar het spirituele rijk kan opstijgen.

Goddelijk bewustzijn

De angirasa worden vooral met goddelijk vuur geassocieerd, de heilige vonk in alle dingen. Vuur is inherent aan hun naam, die 'brandend' of 'gloeiend' betekent. Dit is een kenmerk dat ze gemeen hebben met de engelen in de westerse traditie, die soms 'de vlammenden' worden genoemd. Evenals engelen handelen ze als boodschapper en tussenpersoon tussen het goddelijk rijk en de mens. Ook beschermen ze de mens en staan ze iedereen met hun grote wijsheid bij op het pad van bewustzijn. In tegenstelling tot salamanders, de elementaire geesten van wie het bewustzijn is beperkt tot het element vuur, nemen de angirasa deel aan het goddelijk bewustzijn van Brahman, het onverwoestbare, absolute wezen van het universum.

Een zuiverend vuur ontsteken

Elke keer dat we een ritueel vuur ontsteken voor een heilige ceremonie verlenen de angirasa ons assistentie. Om dit wonder te vieren kunt u leren vuur te maken met twee stukjes droog hout. Wrijf ze tegen elkaar en roep daarbij de angirasa aan, de brandende krachten van de goddelijke vonk, om u te helpen. Voed de vlam liefdevol en wees dankbaar. Laat het zuiverende vuur alles in u verbranden dat geen liefde is.

Erotes

engelachtige feeën

De erotes zijn de kleine gevleugelde dienaren en boodschappers van de god Eros. In de klassieke Griekse kunst worden ze afgeschilderd als ranke jongemannen, maar in de Renaissance werden ze vervangen door mollige cherubijnen.

Erotes zijn altijd naakt en dragen meestal pijl en boog. Op veel Griekse vazen staan ze afgebeeld terwijl ze op een dolfijn zitten, boven geliefden hangen of bij Afrodite (Venus), de godin van de liefde, drinken.

Eros, god van liefde en onderwijs

Eros is de Griekse god van de liefde; bij de Romeinen heet hij Cupido. Soms wordt hij de oudste god genoemd, soms de jongste. De reden daarvoor is dat de schepping in wezen een seksuele daad is, die eeuwig wordt herhaald in het reproductieve proces van de natuur. Eros staat aan het hoofd van het onderwijs, wat weer aangeeft hoe belangrijk hij is. Door liefde en kennis bereiken wij immers waar inzicht. Daarom stuurt hij de erotes erop uit gewapend met de pijlen van verlangen. Want door verlangen worden de ervaringen in gang gezet die ons leiden naar inzicht.

Het leven als liefdesverhaal

In feite zijn de erotes miniatuurtjes van Eros. Vanuit het standpunt van de erotes gezien is het leven een liefdesverhaal. We zijn allemaal in een voortdurende liefdesrelatie verwikkeld met het leven zelf. Ons ware geluk en onze spiritualiteit worden van minuut tot minuut gedefinieerd door de diepte van onze liefde voor het leven. Het behoort tot de taak van de erotes om de liefde bij de mensheid in stand te houden en een steeds sterkere intieme band te smeden met de ware aard van het bestaan. De liefdespijlen die ze afvuren zijn schoten van erotische energie, de potentste uiting van levenskracht die in het universum bestaat.

Bescherm- en huisgeesten

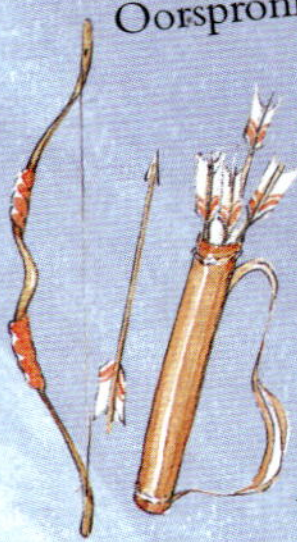

Oorspronkelijk waren er slechts drie erotes, Himerus, Anteros en Pothos. Waarschijnlijk hadden ze zelf ook zo hun liefdesavontuurtjes, want ze groeiden snel in aantal. Algauw waren er genoeg erotes om als beschermengel te fungeren voor de nakomelingen van de verbintenissen die zij teweegbrachten. Ieder mens werd vanaf de wieg tot het graf bijgestaan, waarna de erotes de ziel naar het hiernamaals begeleidden. Op den duur werden boventallige erotes blijkbaar zelfs nuttige huisgeesten, want op sommige schilderingen zien we ze terwijl ze klusjes in huis doen.

Lauma

engelachtige feeën

Lauma is een solitaire boself in de Baltische mythologie. Zij is een prachtige, naakte vrouw met blauwe ogen en blond haar die bij rotsen en meertjes diep in het woud woont. Zij zorgt voor de armen en voor weeskinderen.

Oorspronkelijk was Lauma een zwanenmeisje, een mooie luchtgeest. Haar compassie voor het lijden van de mensheid bracht haar ertoe op aarde te gaan wonen en zich met ons lot te bemoeien. Ze toont oneindig veel medelijden en begrip voor de armen en noodlijdenden en was daarom bijzonder geliefd. Veel vrouwen eerden haar met geschenken van linnen en geweven stof. Stervelingen zien Lauma meestal terwijl ze 's nachts aan het baden is of aan het spinnen of weven bij haar woning.

Spirituele pleegmoeder

Lauma staat vrouwen bij tijdens de zwangerschap en geboorte en zorgt ervoor dat moeder en kind gezond zijn. Voor kinderen die hun moeder hebben verloren of achtergelaten zijn, wordt zij een spirituele pleegmoeder. Zij spint de draden van het leven en weeft ze dan tot het kleed van ieders leven. Daarmee is het levensverhaal van iedereen van geboorte tot de dood bepaald. Vaak huilt Lauma tijdens het weven als ze ziet hoe ons lot zich ontvouwt. Want het lot ontvouwt zich weliswaar door haar, maar het kleed weeft zich als het ware vanzelf, onder invloed van een hogere, mysterieuzere kracht dan Lauma.

Wrede afwijzing

Wie weet huilt Lauma ook om haar eigen lot, want in de loop der jaren veranderde haar beeld in haar nadeel. Ze kreeg de naam wraakzuchtig te zijn, met name naar mannen toe die geen respect toonden voor vrouwen. Degenen die met haar te maken kregen, beschuldigen haar uit wraak van kinderroof, omdat ze zelf geen kinderen kon krijgen. Haar uiterlijk ging erop achteruit en ze werd minder lief. Geleidelijk veranderde ze in een boze, oude heks en sommige gemeneriken beschuldigden haar zelfs van babymoord. Dit wrede en tragische lot deelt Lauma met veel voormalige goden en godinnen. Om de wereld opnieuw te betoveren moeten we verhalen vertellen over gemene, oude heksjes die in de mooie, engelachtige wezens veranderen die ze echt zijn. De cirkel is rond. Het lot van de arme Lauma ligt in onze handen.

Djinn engelachtige feeën

Deze innemende geesten kennen we allemaal uit de vertellingen van duizend-en-een-nacht, en dan vooral uit het verhaal van Aladdin. Volgens de islamitische traditie heeft Allah hen geschapen uit de woestijnwind en meestal verschijnen ze als woestijnduivels, hoewel ze elke gedaante kunnen aannemen.

De verzamelnaam voor deze geesten is djinn; djinni is het enkelvoud. Het woord is de wortel van het Latijnse woord 'genius', 'geest', in de betekenis van beschermgeest. Hun relatie met de mens is nogal ambivalent. Ze kunnen buitengewoon kwaadaardig zijn, waarbij ze de gedaante aannemen van afschrikwekkende demonen of prachtige vrouwen die mannen met hun charmes in de val lokken. Wanneer een djinni in het bezit is van een boze tovenaar, kan hij degene op wie zijn aandacht is gericht schaden. Aan de andere kant kunnen djinn erg vriendelijk zijn, zoals Aladdins geest in de lamp.

Magie en tovenarij

Als een tovenaar of magiër weet hoe hij een djinni moet controleren, kan hij de djinni gebruiken om allerlei taken uit te voeren. Zo kunnen djinn de tijd en het weer manipuleren, gebeurtenissen of gesprekken van verre zien of horen, mensen genezen en allerlei nuttige informatie verstrekken. De angst voor het occulte en de tovenarij leidde in de islam en het christendom tot een verbod op dergelijke magische praktijken en de beoefenaars werden ongeacht hun bedoelingen vervolgd. De Arabische alchemisten hadden echter vaak een machtige beschermheer en waren daardoor in staat om wat betreft hun praktische werk de werkverhouding met de djinn in stand te houden zonder bang te hoeven zijn voor straf. Sommige konden zelfs wezens maken met een verminderd bewustzijn, de zogenaamde homunculi, zoals we in het verhaal van Sindbad kunnen lezen.

De djinn als gids

In sommige tradities gelooft men dat we allemaal een goede en kwade djinni bezitten, die ons hele leven bij ons blijven en die allebei proberen ons leven ten goede of kwade te beïnvloeden. Het woord 'djinni' kan worden toegepast op alle geesten die zich niet uitsluitend aan het goede wijden. Dat betekent overigens niet dat ze slecht zijn, maar meer dat hun bewustzijn is beperkt en dat ze niet tot morele overwegingen in staat zijn. Ze zijn niet beter of slechter dan wij. Net zoals wij kunnen ze hun bewustzijn evolueren door hun wil.

Tandenfeeën

engelachtige feeën

De tandenfeeën laten geld (zilver) achter onder het kussen van een kind in ruil voor melktanden, waarvan ze sterren maken. Dit moedigt een goede mondhygiëne bij kinderen aan, omdat alleen gezonde tanden voor dat doel kunnen worden gebruikt.

De oorsprong van de tandenfeeën is onduidelijk. In de Verenigde Staten en Groot-Brittannië bestaan ze al een paar honderd jaar, maar er zijn zelfs aanwijzingen dat ze teruggaan tot de tijd van de Vikingen. Misschien is de ruil van geld voor een tand verwant aan het oude idee van 'oog om oog, tand om tand'. Misschien was het ook een manier om ervoor te zorgen dat de tanden werden bewaard en niet rondslingerden, waardoor ze in handen konden vallen van kwaadaardige mensen die er hekserij mee konden uitvoeren. Veel mensen verbrandden afgeknipte haren en nagels uit angst dat een heks ze tegen hen zou gebruiken.

Kindermeisje

Tegenwoordig zien we de tandenfee als een nuttig kindermeisje, evenals Wee Willie Winkie. Kleine kinderen kunnen het verliezen van hun melktanden als beangstigend en pijnlijk ervaren, maar het vooruitzicht van de tandenfee, die het tandje omruilt voor geld, kan het ongemak wat draaglijker maken. Ook kan de tandenfee worden ingezet om kinderen aan te moedigen hun tanden te poetsen. Als de tandenfee ontdekt dat veel tanden gaatjes hebben en verkleurd zijn, zal Vesta, de wijste fee, onderzoeken hoe dat komt. Zij komt tot de ontdekking dat veel kinderen veel te veel snoepen, wat hun tanden ongeschikt maakt voor stralende sterren.

Zilver, het elfenmetaal

Zilver is het metaal van de maan, de heersende planeet van de elfenwereld waar de tandenfeeën wonen. Het is het ruilmetaal in de magie, geneeskunst en toekomstvoorspelling – de handpalm van een zigeunerin moet eerst 'worden gekruist met zilver' voordat ze u de toekomst gaat voorspellen. De plek waar de tand wordt neergelegd varieert nogal en ook wat ervoor wordt gegeven. Meestal wordt de tand zo'n twaalf 'vingerstappen' onder het kussen van het kind gelegd, zodat de ouder de tand ongemerkt weg kan pakken. Sommige ouders laten een zilveren aandenken achter in plaats van een geldstuk om te voorkomen dat het kind te materialistisch wordt.

HOOFDSTUK VIJF

Rituelen & recepten

In de voorgaande hoofdstukken hebt u kunnen lezen hoe u zich met bepaalde elfen kunt inlaten. In dit hoofdstuk ontdekt u hoe u in het algemeen met elfen moet omgaan en welke bomen, planten en etenswaren zij prefereren. Ook vindt u enkele nuttige tips over hoe u elfen kunt zien, hoe u ze naar uw huis kunt lokken en wat u moet doen als u ze liever kwijt dan rijk bent.

Elfen zien

rituelen en recepten

Sommige mensen zijn gezegend met een helderziende blik, waardoor ze visioenen en elfen kunnen zien. De rest van de mensheid moet echter flink zijn best doen om deze talenten te ontwikkelen.

Elfen laten zich alleen aan gewone stervelingen zien als ze dat willen, maar wij kunnen onze kansen enorm vergroten door het volgende te doen.

- Ga naar een plaats waar waarschijnlijk elfen zijn, zoals een rustig plekje waar elfenbomen of -bloemen groeien (zie blz. 122-125). Bossen waar grasklokjes (campanula) of paddestoelenkringen voorkomen, zijn vooral goed.
- Ga daarheen op een gunstig tijdstip. De beste tijden zijn bij de dageraad, rond het middaguur, in de schemering en rond middernacht bij volle maan. Mei en oktober zijn vooral gunstige maanden. Midzomeravond (22 juni op het noordelijk halfrond en 22 december op het zuidelijk halfrond) is ideaal.
- Zorg dat u geen ijzer bij u hebt. De enige elfen die er niets om geven, zijn de elfen die u liever niet ziet.

• Als u geluk hebt, vindt u een steen met een gat erin (een zogenaamde heilige steen) waar u doorheen kunt kijken. U hebt dan namelijk een veel grotere kans om een elf te zien.

• Probeer op dezelfde golflengte te komen als de elfen. Vorm een idee van hen in uw hoofd – niet zozeer een beeld als wel een idee van hun persoonlijkheid. Zo kunt u hun resonantiefrequentie beter vinden en afstemmen op hun kanaal.

Elfenzalf

Het helpt als u wat elfenzalf op de oogleden smeert om het kleine volkje te zien. Helaas is nog geen enkele sterveling het volledige recept te weten gekomen, maar de volgende ingrediënten zitten er in elk geval in:

klavertje vier
bloemknoppen van de hazelaar
knoppen van de Griekse alant
bloemknoppen van de stokroos
bloemknoppen van de goudsbloem
bloemknoppen van tijm

Het kan zijn dat er nog varenzaad bij moet of de knoppen van de verbena. Ook is er nog het toverkruid moly, aan het bestaan waarvan vele mensen twijfelen, maar wie zal het zeggen. U moet de bloemknopjes plukken als ze op het punt staan open te gaan, bij voorkeur bij volle maan. Kneus alle ingrediënten met stamper en vijzel en doe ze in een klein flesje plantaardige olie, bij voorkeur hazelnotenolie. Laat de olie op een warme, donkere plaats een paar weken trekken, zeef hem dan en doe de olie in een fles. Mocht u echt een elfje zien, houd hem dan in het vizier; als u zelfs maar met uw ogen knippert, is hij al verdwenen.

Elfen lokken

De beste manier om elfen naar uw huis te lokken is om net te doen alsof ze er al zijn. Neem wanneer u 's ochtends opstaat even de tijd om ze te danken voor hun aanwezigheid en de vreugde die ze brengen.

Als er eenmaal een elf bij u in huis is, kunt u het beste nog een paar dagen wachten om er zeker van te zijn dat hij goedaardig is. Zoniet, raadpleeg dan blz. 120-121. Is de elf een aanwinst voor uw huishouden, dan kunt u verschillende dingen doen om hem over te halen te blijven.

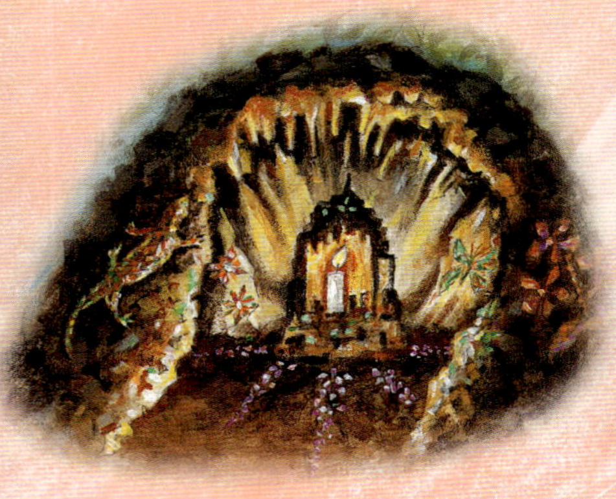

- Creëer een sfeer van verwondering, eerbied en plezier, want daar houden elfen van.
- Bouw een elfengrot van stenen en bergkristallen, zoals kwarts en amethist.
- Elfen zijn buitengewoon gevoelig. Zorg er daarom voor dat u ze niet rechtstreeks aanspreekt. Ze houden vooral niet van het woord 'elf', gebruik daarom termen als 'het frêle volk', 'de heerschappen', 'zij' of andere beleefde eufemismen als u het over hen moet hebben, al is het altijd beter dat niet te doen.

• Huiselfen waarderen het als u 's nachts voedsel voor ze neerzet. Brood, melk en elfencake (zie recept) zijn altijd favoriet.
• Plant een paar van hun lievelingsbloemen (zie blz. 122-123) in de tuin. Vlecht als een speciaal teken van welkom een elfenslinger van bloemen en hang hem aan de voordeur.
• Houd uw huis netjes – elfen hebben een hekel aan rommel.

Elfenvoedsel

Elfen zijn gek op eten, met name zuivelproducten, brood, cake en koekjes. Voor de elfencake hieronder kunt u het beste plantaardige en onbehandelde ingrediënten gebruiken.

90 g havermout
90 g gemengde zaden (sesamzaad, maanzaad, zonnebloempitten, enzovoort)
30 g fijngehakte hazelnoten
30 g gecondenseerde melk
60 g honing
90 g boter

Smelt de honing, melk en boter in een pan. Neem de pan van het vuur en voeg de overige ingrediënten toe. Druk het deeg stevig aan in een ondiepe, ingevette bakvorm van 20 x 20 cm en bak het 30 minuten in de oven op 180 °C. Laat de cake wat afkoelen en snijd hem terwijl hij nog warm is in kleine vierkantjes.
Maak u niet druk als het voedsel dat u neerzet er 's ochtends nog onaangeroerd staat. Elfen hebben geen stoffelijk lichaam en consumeren daarom zelden het vaste voedsel. Ze trekken de voedingsstoffen eruit. Gooi elfenvoedsel dan ook na een dag weg, want het heeft nog nauwelijks voedingswaarde.

Elfen afweren

Hoewel het meestal een geweldige ervaring is om een elfje te ontmoeten, zijn niet alle leden van het elfenvolk aangenaam gezelschap. Gelukkig zijn er een paar manieren om hen af te weren en ze over te halen te vertrekken als ze toch op bezoek komen.

Als u de pech hebt een minder vriendelijk lid van het kleine volkje tegen het lijf te lopen, dan zijn hier een paar dingen die u kunt doen om de zaak in de hand te houden.

- Neem het eerste ding dat de elf u aanbiedt niet aan, anders staat u bij hem in het krijt.
- Zorg ervoor dat u bij een woordenwisseling altijd het laatste woord hebt. Op die manier blijft u de baas, vooral als u rijmwoorden gebruikt.
- Als u merkt dat de elf 'een glans over u uitroept' – u ziet dingen of hij laat u verdwalen – keer dan uw hoed of jas binnenstebuiten. Om te voorkomen dat het gebeurt, moet u een klavertjevier bij u dragen.

• De volgende planten beschermen u tegen onvriendelijke elfen: sint-janskruid, madeliefjes (vooral als u ze als ketting of armband draagt), een takje van een eik, es en meidoorn die tot een kruis zijn gebonden met rood draad en aan de voordeur gehangen, een eikel in uw broek- of jaszak.

• Elfen hebben een hekel aan zout. Strooi het daarom rond uw huis om ze af te weren. Vreemd genoeg heeft een sok die onder het bed ligt hetzelfde effect.

Een elf 'stillen'

Veel mensen zouden er heel wat voor over hebben om een elf in huis te hebben, maar mocht u opgescheept zitten met een lastpost, dan zullen de volgende rituelen er meestal voor zorgen dat hij vertrekt. Dit staat bekend als een elf 'stillen'.
Maak eerst een paar kleine kledingstukken en laat die 's nachts buiten liggen. Het is evenwel een raadsel waarom dit werkt. Sommige mensen zeggen dat de elfen erdoor beledigd zijn, anderen dat ze zich dan zo trots voelen dat ze zichzelf te goed vinden om nog met mensen om te gaan. Als dit niet werkt, strooi dan rijst, lijnzaad of maanzaad op de vloer. De elf voelt zich genoodzaakt om het zaad op te rapen en zal algauw genoeg krijgen van zijn taak en verdwijnen. Hebt u te maken met een bijzonder koppig exemplaar, ga dan eens het huis rond terwijl u met bellen rinkelt en in de handen klapt – ze hebben een hekel aan lawaai. Als laatste redmiddel kunt u proberen ze hardop te bekritiseren en ze 'elfen' noemen, maar dit kan nare gevolgen hebben.

Elfenkruiden

Er zijn veel planten die in verband worden gebracht met elfen. Deze toverkruiden hebben speciale eigenschappen die ons met elfen kunnen verbinden of ons kunnen beschermen tegen het kleine volk. Hier volgt een opsomming van de bekendste.

Gaspeldoorn Deze doornige struik is een goede afweer tegen elfen.

Goudsbloem De bloemknoppen zijn een ingrediënt voor elfenzalf.

Grasklokje (campanula) Bossen waar grasklokjes groeien zijn favoriete ontmoetingsplaatsen van elfen. Ga eens op een heldere, zonnige dag rond het middaguur in zo'n bos zitten wanneer de klokjes in volle bloei staan.

Griekse alant Strooi de wortels over de vloer of draag ze als een amulet om elfen te lokken. De bloemknoppen zijn een ingrediënt voor elfenzalf.

Heide Deze plant is een aanwijzing dat elfen en pixies aanwezig zijn.

Jakobskruiskruid Veel elfen gebruiken de stengels om op te vliegen, net zoals heksen op een bezemsteel.

Klaver Alle klavers zijn heilig voor elfen, vooral de rode klaver. Klavertjevier wijst op de aanwezigheid van elfen en is een belangrijk ingrediënt voor elfenzalf (zie blz. 117).

Koekoeksbloem Heilig voor Puck; deze plant wordt gebruikt in elfenslingers.

Laurier Trekt goedaardige geesten aan en biedt bescherming tegen kwaadaardige elfen. Als u de bladeren in olie verbrandt, opent u een poort naar de elfenwereld.

Papaver Vroeger werd papaverthee gedronken om de elfenwereld te kunnen zien, maar de plant is nu op veel plaatsen verboden omdat hij opium bevat. U kunt maanzaad gebruiken om elfencake mee te versieren (zie blz. 119).

Pioenroos De zaadjes en wortels worden van oudsher om de nek van kinderen gehangen om ze te beschermen tegen kwaadaardige elfen.

Robbertskruid Heilig voor Puck.

Rozemarijn Ook wel elfenblad genoemd; dit kruid trekt elfen aan.

Sering Elfen houden van de geur van seringen. Als u seringenwijn drinkt, kunt u elfen zien.

Sleutelbloem Wilde sleutelbloemen wijzen op de aanwezigheid van elfen. Plant ze in uw tuin om elfen naar uw huis te lokken, maar verzorg ze goed.

Stokroos De bloemknoppen zijn een ingrediënt voor elfenzalf.

Tijm Elfen houden van de geur van tijm. Draag wat tijm als een amulet om elfen te zien. De bloemknoppen zijn een ingrediënt voor elfenzalf.

Varen Als u 's nachts rustig op een stille, met varens begroeide plaats zit, dan verschijnt Puck misschien om middernacht met een met goud gevulde beurs.

Verbena Een heilige, beschermende plant, waar goede elfen erg van houden. Als u verbena toevoegt aan het badwater, droomt u misschien van elfenland.

Vingerhoedskruid Ook wel elfenkruid of elfenhoedjes genoemd; ze trekken elfen aan.

Wegedoorn Markeer een cirkel met wegedoorn en ga er bij volle maan in dansen. Roep als u een elf ziet: "Halt en geef me een geschenk!" voordat hij verdwijnt. De elf moet dan uw wens vervullen.

rituelen en recepten

Elfenbomen

Elke boom heeft een eigen deva en in oude, voorname bomen huizen misschien nog veel meer geesten. Elfen gebruiken bepaalde oude, holle bomen als poort tussen het elfenrijk en de mensenwereld. Hier volgt een opsomming van een aantal favoriete elfenbomen.

Appelboom Heilig voor Diana, de godin van het kleine volk. Verbrand op midzomeravond (22 juni op het noordelijk halfrond; 22 december op het zuidelijk halfrond) wat appelboombast ter ere van het elfenvolk.

Berk In Schotland zet men berkentwijgjes in de wieg, zodat de baby niet wordt ontvoerd door elfen. De lievelingspaddestoel van de elfen, de rode en witte vliegenzwam, groeit onder de berk.

Eik De eik vormt met de meidoorn en de es de elfentriade. Volgens een oud rijmpje wonen er elfjes in oude eikenbomen.

Els Uit verschillende delen van de boom kunt u rode, groene en bruine kleurstof verkrijgen die vuur, water en aarde symboliseren. Het witte hout wordt rood wanneer het wordt afgehakt en wordt in verband gebracht met dryadenbloed. Men zegt dat de beschermende elfen van de els de gedaante van een raaf kunnen aannemen.

Es De heiligste boom van de Scandinaviërs en een lievelingsboom van de elfen. Op plaatsen waar essen dicht bijeen groeien, wonen elfen. Met de eik en meidoorn vormt de es de elfentriade. Als ze worden samengebonden met rood draad, bieden takjes van elk van deze bomen bescherming tegen boosaardige nachtelijke geesten.

Hazelaar Elfen zijn gek op hazelnoten. De bloemknoppen zijn een ingrediënt voor elfenzalf (zie blz. 117) en elfen gebruiken de ranke takken als toverstaf.

Lijsterbes Elfen houden veel van deze boom. Hij wordt ook wel heksengif genoemd, want hij beschermt tegen heksen en kwaadaardige geesten. Elfen zijn gek op lijsterbessenjam.

Meidoorn Deze favoriete boom van het kleine volk is met de eik en es onderdeel van de elfentriade. Een krans van meidoornbladeren behoort tot het kostuum van Jack-in-het-groen.

Sleedoorn Een kreupelbos van sleedoorns wordt bewaakt door kleine, kale elfen die daar samenkomen.

Vlierboom De vlierboom wordt soms heksenboom genoemd en biedt bescherming aan elfen die op hun beurt de boom bewaken. Vlierbessenwijn wordt soms elfenwijn genoemd. Het brengt ongeluk om het hout te verbranden.

Wilg De favoriete boom van de elfen om toverstafjes van te maken.

Woordenlijst

Alchemie Een mystieke wetenschap die probeert de geheimen van de natuur te doorgronden om zo de mensheid en de materie te perfectioneren.

Elfenkringen Cirkels van kleine paddestoelen waar elfen graag samenkomen. Elfen houden vaak feesten binnen een elfenkring en pixies houden paardenraces binnen de kring en veranderen zichzelf in een paddestoel als mensen ze zien.

Elfen stillen Ervoor zorgen dat elfen de aandacht verliezen.

Elfenzalf Een magische zalf die mensen op de oogleden kunnen smeren om elfen te zien. Sommige ingrediënten van de elfenzalf zijn bekend, maar het volledige recept is nog steeds een raadsel.

Frêle volk Een veelgebruikte naam voor elfen.

Geest 1. Een zielloos wezen, zonder lichaam. 2. De ongedifferentieerde levenskracht die alles animeert.

Glans uitroepen over Boosaardige elfen roepen soms de glans uit over de mens zodat hij dingen ziet die er niet echt zijn of verdwaalt.

Heilige steen Een steen met een natuurlijk gat in het midden. Als u door het gat kijkt, hebt u een grotere kans om elfen te zien.

Hemelse oorlog Een opstand van engelen, aangevoerd door Satan, die uiteindelijk werd neergeslagen. De verslagen engelen werden naar de stoffelijke wereld verbannen. Het is mogelijk dat elfen lagere engelen zijn die aan de verkeerde kant van de strijd terechtkwamen en ook uit de hemel werden verbannen.

Kleine volkje Een veelgebruikte eufemistische naam voor elfen.

Sjamaan Iemand die de wereld van de geesten kan waarnemen en, door in trance te geraken, naar het spirituele rijk kan reizen en met de bewoners kan communiceren.

Toverkruiden Planten die in verband worden gebracht met elfen.

Ziel Het onsterfelijke, wezenlijke deel dat het ene wezen van het andere onderscheidt.

Aanbevolen literatuur

Andersen, Hans Christian *Alle sprookjes en vertellingen van Hans Christian Andersen: volledige uitgave* Bussum: Van Holkema & Warendorf, 1975

Barker, Cicely Mary *The Complete Book of the Flower Fairies* Frederick Warne, 1997

Cavendish, Richard *Mythologie van de gehele wereld: geïllustreerde encyclopedie* Alphen aan den Rijn: Atrium, 1987

Conan Doyle, Arthur *De elfen komen: over het bestaan en waarnemen van elfen* Den Haag: Sirius en Siderius, 1979

Cotterell, Arthur *Encyclopedie van mythen & legenden* Weert: MP, 1990

De vertellingen van duizend-en-één-nacht (12 delen) Amsterdam: Bulaaq; Leuven: Kritak, 1993-

Dubois, Pierre *De grote encyclopedie van het kleine volkje* Antwerpen: Standaard Uitgeverij, 1994

Fox, Matthew en Rupert Sheldrake *Engelen: energieën in de kosmos: waar wetenschap en spiritualiteit elkaar ontmoeten* Utrecht: Kosmos, 1998

Frazer, James George *De gouden tak: over mythen, magie en religie: verkorte uitgave* Amsterdam: Contact, 1995

Froud, Brian en Alan Lee *De elfen* Bussum: Van Holkema & Warendorf, 1979

Gelder, Dora van *Elfen, een subtiele realiteit: getuigenis vanuit persoonlijke ervaringen* Deurne: Moment, 2002

Grimm, Jacob en Wilhelm *Alle sprookjes van Grimm* Houten: Van Holkema & Warendorf, 2001

MacManus, Dermot *Elfen in Ierland: een verkenning in het Ierse elfenrijk* Den Haag: Sirius en Siderius, 1980

Poortvliet, Rien en Wil Huygen *Leven en werk van de Kabouter* Bussum: Van Holkema & Warendorf, 1976

Squire, Charles *Celtic Myth & Legend Poetry & Romance* Newcastle: Newcastle Publishing, 1975

Yeats, W.B. *Ierse elfenverhalen en andere volksvertellingen uit Ierland* Den Haag: Sirius en Siderius, 1981

Verantwoording

De uitgever bedankt de volgende illustrators voor hun medewerking:

Veronica Aldous: blz. 10, 11, 47, 93, 109, 116, 117

Greg Becker: blz. 8/9, 15, 23, 25, 35, 41, 67, 77, 81, 89, 113

Janie Coath: blz. 17, 36, 37, 51, 53, 82, 83, 87, 99, 105, 107, 120, 121

Elsa Godfrey: blz. 5, 14, 16, 20, 40, 44, 54, 64, 66, 68, 72, 74, 78, 84, 90, 94, 104, 106, 112

Griselda Holderness: blz. 39, 61, 73, 85, 101

Martin Jones: blz. 19, 31, 45, 57, 75, 79, 91, 103, 110, 111, 118, 119

Olivia Rayner: blz. 21, 28, 29, 49, 95

Rob Sheffield: blz. 6/7, 26, 27, 32, 33, 55, 59, 62, 63, 65, 69, 122, 123, 124, 125

Register